■ लोकप्रिय ४६ मराठी गाणी - भावगीते, प्रणयगीते, सिनेगीते व नाट्यगीते यांचे नोटेशन ■ हार्मोनियम वाजविण्याची सोपी पद्धत ■ आवश्यक शास्त्रीय माहितीसह

नोटेशनसह आवडती गाणी

- लेखक -

चंद्रकांत साने

NITIN PRAKASHAN
www.nitinprakashan.com

NITIN PRAKASHAN
www.nitinprakashan.com
स्थापना : १९६२

संस्थापक

कै. वसंतराव गोगटे

नितीन प्रकाशन
१५२५ सदाशिव पेठ, सुविधा-स्मिता अपार्टमेंट,
टिळक स्मारक मंदिर ते पेरूगेट रस्ता, पुणे - ४११०३०
✆ (०२०) २४४८३५१६/२४४८३५१७.

✉ info@nitinprakashan.com

* नोटेशनसह आवडती गाणी
(Notationsah Aavadti Gaani)

* लेखक : चंद्रकांत साने

* © नितीन प्रकाशन

* ISBN : 978-81-8616-979-7

* प्रथमावृत्ती : २६ मार्च, २००१

* पुनर्मुद्रण : २००६, २००९

* सुधारित आवृत्ती : मे, २०१६

* पुनर्मुद्रण : २०१७, १६ जुलै २०१९, १३ नोव्हेंबर २०१९
११ सप्टेंबर २०२१, भाद्रपद शुद्ध पंचमी, ऋषिपंचमी शके १९४३

* मुखपृष्ठ : ONE ZERO EIGHT Brand and Design

* मुद्रणस्थळ : श्री जे प्रिंटर्स प्रा. लि., पुणे - ३०

अर्पण

रसिकांचे आग्रहास्तव लिहिलेले 'नोटेशनसह आवडती गाणी' हे माझे तिसरे पुस्तक मी श्री दत्तात्रेयांचे चरणी अर्पण करीत आहे.

– चंद्रकांत साने

नितीन प्रकाशन, पुणे यांनी १९९८ मध्ये ''नोटेशनसह भावगीते'' हे पुस्तक प्रकाशित केले. या पुस्तकाचे रसिकांनी फारच उत्साहात स्वागत केले. अशा प्रकारची व अशीच पुस्तके प्रकाशित करण्यासाठी रसिकांनी आग्रह केला, त्यामुळे ''नोटेशनसह आवडती गाणी'' हे ४६ गाण्यांचे पुस्तक आम्ही रसिकांसाठी प्रकाशित करत आहोत. या पुस्तकात लोकप्रिय सिनेगीते, भावगीते, प्रणयगीते व नाट्यगीते असे सर्व प्रकार दिले आहेत. सर्व वयोगटातील रसिकांना हे पुस्तक नक्कीच आवडेल.

– प्रकाशक

'नोटेशनसह आवडती गाणी' पुस्तक लिहिताना मला श्री. श्रीखंडे (संगीत प्रवीण रिटा. डायरेक्टर, लखनौ संगीत अकादमी, सौ. संगीता माटे, एम ए (म्युझिक), श्री. मोहन पारसनीस संगीत अलंकार (तबला), चि. अमित देवकुळे संगीत विशारद (तबला), श्री. व सौ. हुल्याळकर, प्रुफ रिडर यांची मदत झाली. त्याबद्दल मी त्यांचे आभार मानतो. श्री. गोगटे, नितीन प्रकाशन, पुणे यांनी मला पुस्तक लिहिण्याची आणखी एक संधी दिली याबद्दल त्यांचे मनापासून आभार मानतो व माझी पत्नी सौ. विजयासह सर्व कुटुंबियांनी व भाचा चि. जयंत दामले यांनी केलेल्या सहकार्याबद्दल त्यांना धन्यवाद देतो !

– चंद्रकांत साने

ज्या कलाकारांचा हात पेटीवर साधारण बसलेला आहे अशांसाठी खालील गाण्यांचे १) सोपे, २) मध्यम अवघड व ३) अवघड असे तीन भाग केले आहेत. वादक कलाकाराने प्रगतीनुसार टप्याटप्याने ही गाणी बसविण्याचा प्रयत्न करावा.

गीतांची अनुक्रमणिका

१) सोपी गाणी

२) मध्यम अवघड गीते

३) अवघड गीत

○○○

पुस्तक उघडण्यापूर्वी....

।। श्री गणेशाय नमः।। ।। श्री दत्तात्रेयाय नमः।। ।।श्री रामचंद्राय नमः।।

➤ **रसिक मित्रांनो,**

या पुस्तकात सिनेसंगीत, भावगीते, प्रणयगीते व नाट्यगीते दिलेली असून प्रत्येक गाण्याचा राग, ताल दिला आहे. नवोदित वादक कलाकारांना शिकण्यास सोपे जावे म्हणून ४६ गाण्यांचे १) सोपी, २) मध्यम अवघड व ३) अवघड असे भाग पाडले आहेत. या क्रमाने वादक शिकत गेला तर वेळ वाया न जाता त्याची प्रगती होईल. राग, तालाबरोबर नियमानुसार खंडही पाडून नोटेशन दिले आहे. त्यामुळे त्याचा फायदा जाणकार वादक व नवोदित वादक असा दोघांनाही होईल.

नव्याने पेटी शिकणाऱ्यांसाठी काही आवश्यक प्राथमिक माहिती पुढे देत आहे.........

➤ **पेटीवर बोटे कशी फिरवावीत?**

याबाबत सर्वसाधारणपणे असे सांगता येईल की, गाण्याची सुरुवात तुम्ही कोणत्या पट्टीपासून करीत आहात व त्यात कोमल स्वरांचा किती वापर आहे त्यावर बोटांची हालचाल अवलंबून आहे. तरीपण साधारणपणे पांढऱ्या पट्ट्यांवर अंगठा (१ले बोट) तर्जनी (अंगठ्या जवळचे बोट अशी पहिली ४ बोटे क्रमाक्रमाने पण स्वररचनेनुसार मागे पुढे फिरवावीत. काळ्या पट्यांच्यावर अंगठ्याचा वापर करू नये. तसेच करंगळीचा वापर पेटी वाजवताना सहसा करू नये. कारण अंगठा व करंगळी पट्टीवर तितकीशी 'पकड' घेऊ शकत नाही. याशिवाय दुसरी महत्त्वाची गोष्ट म्हणजे विशिष्ट पट्टीवर विशिष्ट बोट पडले पाहिजे यासाठी सारेगम च्या वेगवेगळ्या प्रकारच्या मिश्रणांचा म्हणजेच शास्त्रीय भाषेत 'अलंकाराचा' खूप सराव सुरुवातीलाच करावा, म्हणजे गाण्याचे नोटेशन वाजवताना स्वराची पट्टी शोधण्यास कमी वेळ लागेल. 'सरगम' च्या प्रकाराची थोडी माहिती या पुस्तकात दिली आहे.

➤ **पेटी कशी वाजवावी?**

पेटीवर गाणी वाजवताना अखंड सूर येत राहिलाच पाहिजे अशी समजूत करून घेवू नका. त्यासाठी हवे असेल तर 'सा'चा स्वर अखंड वाजणारी खुंटी पुढे ओढून ठेवा. पेटीतून गाण्याचे शब्द उमटायला पाहिजे असतील तर

त्या – त्या गाण्याच्या स्वर–रचनेनुसार तुम्हीपण स्वर, कधी अखंडपणे तर कधी खंडितपणे वाजवले पहिजेत. याची दोन उदाहरणे देतो. पहिले गाणे ''जिवलगा! राहिले रे दूर घर माझे'' हे गाणे तुम्ही ऐकलेत तर तुम्हाला असे दिसून येईल की यातील जवळ–जवळ प्रत्येक स्वर एकातून एक निघावा तसा अखंड ऐकू येतो. तरी आपण पेटी वाजवताना सुद्धा तसेच गीताचे स्वर अखंडपणे वाजतील असा प्रयत्न केला पाहिजे. याचे विरुद्ध दुसरे गाणे 'गोरी गोरी पान, फुलासारखी छान, दादा मला एक वहिनी आण' हे गाणे पेटीवर वाजवताना, 'गोरी गोरी' हे शब्द किंवा 'दादा मला' ह्या शब्दांचे स्वर तोडून तोडून वाजवले तर ऐकणाऱ्याला ते गाणे जास्त समजते.

➤ वादकाची मनो – भूमिका

खरा भावगीत गायक, गाणे म्हणण्यापूर्वी त्या गाण्यात गुंफलेल्या भाव – विश्वात जातो आणि म्हणूनच ते गाणे परिणामकारकरित्या त्याच्या कंठातून बाहेर पडते. तसेच वादकानेही एखादे गाणे वाजविण्यापूर्वी त्या गाण्यात गुंफलेल्या 'स्वरांच्या भाव – विश्वात' जायला हवे आणि मगच ते गाणे वाजवायला हवे असे केले तर ते वाजविणे केव्हाही जास्त प्रभावी ठरते.

➤ जोड स्वरांचा परिणाम

तुमचा पेटीवर बऱ्यापैकी हात बसल्यावर आणखी एक प्रयोग करून बघा व तो म्हणजे ज्या ठिकाणी एखादा सूर १ मात्रेपेक्षा थोडा जास्त वेळ असेल अशा वेळेस तो एकच स्वर न वाजवता त्याचे जोडीला योग्य असा दुसराही एक स्वर (साधारणतः षडज्, मध्यम किंवा पंचम म्हणजेच सा, म. किंवा प) हाही वाजवला तर तो नादमाधुर्यात भरच घालतो व स्वरांचा भरणा वाढतो.

➤ तालबद्ध वाचन

संगीतामध्ये स्वर व ताल यांना सारखेच महत्त्व आहे. ह्या पुस्ताकातील गाणी हार्मोनियमवर किंवा कॅसियोवर शिकताना सुरुवातीला ते गाणे हळू हळू चांगले कसे वाजवता येईल याकडे लक्ष द्यावे. त्यानंतरच्या स्थितीत ते तालातही कसे वाजवता येईल याचे ज्ञान जाणकार तबला शिक्षकाकडून घ्यावे.

➤ स्वरवादनाचे प्रात्याक्षिक

Music is performing art. म्हणजे संगीत विद्या ही गुरुमुखातून

ऐकूनच शिकण्याची आहे व तोच नियम वादकांनाही थोड्या फार फरकाने लागू आहे. कारण सूचनाद्वारा कितीही सांगितले तरी सर्व ध्वनी प्रकार तितक्या अचूकपणे लिहिणे फार अवघड आहे. म्हणून जे गाणे वाजवायचे आहे ते वादकाने खूप वेळा 'अभ्यासपूर्वक' ऐकावे. ऐकताना आपण त्याचे बरोबर गाणे म्हणायला लागू नये. उलटपक्षी डोळे मिटून पूर्ण एकाग्रतेने गाणे ऐकावे म्हणजे ते स्वर अंतःकरणापर्यंत जाऊन भिडतात, त्यातील स्वरांचे सौंदर्य ज्ञानचक्षूंना दिसू लागते व मग त्या स्वरांची तशीच निर्मिती आपणही प्रयत्नाने करू शकतो असा माझा अनुभव आहे. तुम्हाला शिकवणारा उत्तम शिक्षक मिळाला तर भाग्यवानच समजायला पाहिजे पण जर काही कारणाने ते शक्य झाले नाही तर निदान आजकाल सहजासहजी मिळणाऱ्या ऑडियो सी.डी. वरील गाणी अभ्यासपूर्वक पुन्हा-पुन्हा ऐका. वर दिलेल्या सूचनांचा उपयोग करा, या पुस्तकात दिलेल्या नोटेशनचा उपयोग करा म्हणजे मग तुम्ही एक चांगले वादक व्हाल, स्वतःची करमणूक कराल व इतरांनाही आनंद द्याल.

धन्यवाद!

♬ ♬ ♬ ♬

संगीत क्षेत्रातील आवश्यक
अशी थोडी शास्त्रीय माहिती

➤ स्वरांची नावे

संगीतात सात स्वर असतात. त्यांची नावे पुढील प्रमाणे आहेत.

	संपूर्ण नाव	संक्षिप्त (प्रचलित) नाव
१.	षडज् (अचल)	सा (अचल)
२.	ऋषभ	रे
३.	गांधार	ग
४.	मध्यम	म
५.	पंचम (अचल)	प (अचल)
६.	धैवत	ध
७.	निषाध	नि

जे स्वर स्वर आपल्या स्थानापासून ढळत नाहीत त्यांना शुद्ध (अचल) स्वर म्हणतात. तर जे स्वर आपल्या स्थानापासून खाली किंवा वर जाऊ शकतात त्यांना कोमल (चल) स्वर म्हणतात. हा फरक तंतूवाद्यावर चांगला दाखवला येतो. सा व प हे स्वर अचल आहेत म्हणजे त्या स्वरांचे कोमल अथवा तीव्र असे प्रकार होत नाहीत. रे, ग, ध, नि यांचे कोमल स्वर किंवा शुद्ध स्वर असे दोन्ही प्रकारचे स्वर असतात. त्याचप्रमाणे 'म' या स्वराचे शुद्ध मध्यम व तीव्र मध्यम असे दोन भेद असतात. याप्रमाणे शुद्ध, कोमल व तीव्र मिळून एकूण बारा स्वर होतात. ते पुढील प्रमाणे :

१.	सा	अचल
२.	<u>रे</u>	कोमल (कोमल स्वराचे चिन्ह म्हणजे स्वराखाली आडवी रेघ)
३.	रे	शुद्ध
४.	<u>ग</u>	कोमल
५.	ग	शुद्ध
६.	म	शुद्ध
७.	मं	तीव्र (कोमल न म्हणता तीव्र म्हणतात व तीव्र 'म' चे चिन्ह म्हणजे स्वराचे डोक्यावर उभी रेघ)

८.	प	अचल
९.	ध॒	कोमल
१०.	ध	शुद्ध
११.	नि॒	कोमल
१२.	नि	शुद्ध

➤ तीन सप्तके

हार्मोनियमच्या पहिल्या पांढऱ्या पट्टीपासून सातव्या पट्टीपर्यंत सारेगमच्या पहिल्या सात स्वरांचा गट येतो. त्यांचा आवाज सर्वात खालच्या पट्टीच्या (खालच्या लेव्हलचा) असून त्यास शास्त्रीय भाषेत मंद्र सप्तक असे म्हणतात. यानंतर येणाऱ्या सात स्वरांच्या दुसऱ्या गटास मध्य सप्तक असे म्हणतात व त्यानंतर येणाऱ्या शेवटच्या गटाच्या सात स्वरांना तार सप्तक असे म्हणतात.

मध्य सप्तकातील स्वरांना ओळखण्यासाठी काही चिन्ह लिहीत नाहीत पण मंद सप्तकातील स्वरांखाली टिबं देऊन ते मंद्र सप्तकातील स्वर आहेत हे स्पष्ट केले जाते. उदा. नि़ ध़ प़ म़. तार सप्तकातील स्वराचे वेगळेपण म्हणजे डोक्यावर टिंब देतात. उदा. मं पं धं निं.

हार्मोनियमचे वैशिष्ट्य म्हणजे पांढरी एक (म्हणजे पहिली पांढरी पट्टी) हाच एक स्वर 'सा' आहे असे नसून पेटीमध्ये कोणताही स्वर 'सा' मानून गाणी वाजवता येतात तसेच गायकाच्या बरोबर पेटीची साथ करायची असल्यास तो ज्या पट्टीत (म्हणजे स्वरापासून) गातो ती पट्टी 'सा' धरून त्याला साथ करता येते. या विशेष सोईमुळेच पेटी ही जास्त उपयुक्त व लोकप्रिय झालेली आहे. जो स्वर 'सा' धराल त्यावर पुढल्या स्वरांची (कोमल, तीव्र) स्थाने अवलंबून राहतील. जी पट्टी 'सा' मानली असेल तिथून दुसरी पट्टी कोमल 'रे' होईल. तिसरी शुद्ध 'रे' होईल तर चवथी कोमल 'ग' होईल.

➤ पेटीची काळजी

पेटी नेहमी चहुबाजूनी कपड्यामध्ये बांधून ठेवावी. त्याचा काही भाग उघडा राहिला तर तिथून झुरळे, उंदीर इ. आत शिरून वाद्याची नासाडी करतात. पेटीच्या पुढे असलेल्या खुंट्याना स्टॉपर म्हणतात. भात्यामध्ये हवा भरण्यापूर्वी सुरुवातीचे २ ते ३ स्टॉपर हळूच बाहेर ओढून भात्यात हवा भरावी व मग लगेच

स्वराच्या पट्ट्या दाबण्यास सुरुवात करावी. भाता फार जोराने हलवू नये नाहीतर तो बिघडण्याचा संभव असतो. पेटी वाजवणे बंद करताना काही स्वरांच्या पट्ट्या दाबून, येणारा आवाज पूर्ण थांबला म्हणजे मगच भाता बंद करावा जेणे करून पेटीच्या आतल्या रीड्स खराब होणार नाहीत. पेटीत हवा असताना (अपवाद सोडून इतर वेळी) कोणताना कोणता स्वर वाजत राहिला पाहिजे नाहीतर त्यामुळेही भात्यावर व रीड्सवर वाईट परिणाम होतो. पेटी लाकडी खोक्यात ठेवून त्यात डांबराच्या गोळ्या न टाकता बीएचसी पावडर कडेकडेनी टाकावी म्हणजे झुरळे इ. पेटी खराब करणार नाहीत. लहान मुलांच्या ताब्यात पेटी कधीही देऊ नये व जर द्यायची असेल तर तुमचे देखत त्यांना १०–१५ मिनिटे वाजविण्यास द्यावी म्हणजे पेटीचे नुकसान होणार नाही.

➤ **सरावासाठी अलंकार**

पेटीवर बोटे सफाईने फिरण्यासाठी सारेगमच्या पट्ट्या नेमक्या किती किती अंतरावर आहेत याचा अचूक अंदाज बोटांना यायला हवा व त्यासाठी ठरावीक बोट ठरावीक पट्टीवर ठेवण्याचा खूप सराव करावा. अंगठ्यापासूनच्या ४ बोटांचाच फक्त वापर करावा. बोटांचे क्रमांक समजण्यासाठी पुढील चित्र बघा. यापैकी १ ते ४ बोटांचा वापर करावा.

स्वर खालून वर वाजवीत जाणे यांस 'आरोह' म्हणतात तर वरून खाली वाजवीत येणे यांस 'अवरोह' म्हणतात. पेटीची पहिली पांढरी पट्टी 'सा' समजून बोटांचे क्रमांक दिले आहेत.

अलंकाराचे महत्त्व

सा रे ग म इ. स्वरांच्या वेगवेगळ्या प्रकाराने जोड्या जमवून त्या वाजविणे याला 'अलंकार' असा शब्द आहे. नव्याने पेटी वाजविणारी व्यक्ती जेव्हा कुठल्याही शिक्षकासमोर बसून पेटी वादनाचे शिक्षण घेत नाही किंवा एखाद्या संगीत विषयक पुस्तकाचाही आधार घेत नाही व एकदम गाणेच वाजवायला जाते तेव्हा तिला त्या गाण्याची एखादी दुसरी ओळ फार वेळाने व मोठ्या कष्टाने जमते व याचे कारण म्हणजे गाण्याच्या स्वररचनेप्रमाणे पेटीवरील सा रे ग म च्या पट्ट्या त्याला/तिला शोधत बसाव्या लागतात. हा त्रास वाचवायचा असेल तर सा रे ग म चे वेगवेगळे

प्रकार (म्हणजेच अलंकार) खूप वेळा घोटून तयार केले पाहिजेत. या दृष्टीने 'अलंकार वाजविणे' या प्रकाराला फार महत्त्व आहे. यापुढे अलंकाराचे १३ प्रकार खाली दिले आहेत. जेव्हा जेव्हा नव्याने तुम्ही पेटी वाजवायला बसाल त्या वेळेला या सर्व अलंकारांची उजळणी रोज एकदा तरी करावी. तसेच सदरचे अलंकार वाजवताना लहान अलंकारांची उजळणी रोज एकदा तरी करावी. तसेच सदरचे अलंकार वाजवताना लहान आवाजात आपण तोडानेही सदरहू सा रे ग म म्हणावे म्हणजे प्रॅक्टीसमध्ये जास्त एकाग्रता येते व अलंकार वाजविण्यास लवकर हातात बसतात.

टीप १ : प्रकार १ ते ६ या ठिकाणी दाखविलेले बोटांचे क्रमांक पांढरी एक ही 'सा' समजून दिलेली आहेत.

टीप २ : प्रकार ७ ते १३ बोटांची पकड घट्ट राहील अशा पद्धतीने बोटे ठेवावीत.

सरगम

प्रकार पहिला

आरोह– स्वर	सा	रे	ग	म	प	ध	नि	सां
बोटांचा क्रमांक	१	२	३	४	१	२	३	४
अवरोह – स्वर	सां	नि	ध	प	म	ग	रे	सा
बोटांचा क्रमांक	४	३	२	१	४	३	२	१

प्रकार दुसरा

आरोह– स्वर	सारे	रेग	गम	मप	पध	धनि	निसां
बोटांचा क्रमांक	१–२	१–२	१–२	१–२	१–२	१–२	१–२
अवरोह – स्वर	सांनि	निध	धप	पम	मग	गरे	रेसा
बोटांचा क्रमांक	३–२	३–२	३–२	३–२	३–२	३–२	२–१

प्रकार तिसरा

आरोह– स्वर	सारेग	रेगम	गमप	मपध	पधनि	धनिसां
बोटांचा क्रमांक	१–२–३	१–२–३	१–२–३	१–२–३	१–२–३	२–३–४
अवरोह – स्वर	सांनिध	निधप	धमप	पमग	मगरे	गरेसा
बोटांचा क्रमांक	४–३–२	३–२–१	३–२–१	३–२–१	३–२–१	३–२–१

प्रकार चौथा

आरोह– स्वर	सारेगम	रेगमप	गमपध	मपधनि	पधनिसां
बोटांचा क्रमांक	१–२–३–४	१–२–३–४	१–२–३–४	१–२–३–४	१–२–३–४
अवरोह – स्वर	सांनिधप	निधपम	धपमग	पमगरे	मगरेसा
बोटांचा क्रमांक	४–३–२–१	४–३–२–१	४–३–२–१	४–३–२–१	४–३–२–१

प्रकार पाचवा

आरोह– स्वर	सारेसारेग ।	रेगरेगम ।	गपगमप ।
बोटांचा क्रमांक	१–२–१–२–३ ।	१–२–१–२–३ ।	१–२–१–२–३ ।
	मपमपध ।	पधपधनि।	धनिधनिसां।
	१–२–१–२–३ ।	१–२–१–२–३ ।	१–२–१–२–३ ।

अवरोह – स्वर	सांनिसांनिध ।	निधनिधप ।	धपधपम ।
बोटांचा क्रमांक	३–२–३–२–१ ।	३–२–३–२–१ ।	३–२–३–२–१ ।
	पमपमग ।	मगमगरे ।	गरेगरेसां ।
	३–२–३–२–१ ।	३–२–३–२–१ ।	३–२–३–२–१ ।

प्रकार सहावा

आरोह– स्वर	सारे ।	साग ।	साम ।	साप ।	साध ।	सानि ।	सासां ।
बोटांचा क्रमांक	१–२	१–२	१–२	१–३	१–३	१–३	१–३
अवरोह – स्वर	सांनि	सांध	सांप	सांम	सांग	सांरे	सांसा
बोटांचा क्रमांक	३–२	३–२	३–२	३–१	३–१	३–१	३–१

प्रकार सातवा

आरोह– स्वर	साग	रेम	गप	मध	पनी	धसां
अवरोह – स्वर	सांध	नीप	धम	पग	मरे	गसा

प्रकार आठवा

आरोह– स्वर	साम	रेप	गध	मनी	पसां
अवरोह – स्वर	सांप	नीम	धग	परे	मसा

प्रकार नववा

आरोह– स्वर	सासारे	रेरेग	गगम	ममप	पपध	धधनी	नीनीसां
अवरोह – स्वर	सांसांनी	नीनीध	धधप	पपम	ममग	गगरे	रेरेसा

प्रकार दहावा

आरोह– स्वर	सारेरे	गमम	पपध	नीसांसां
अवरोह – स्वर	सांनीनी	धपप	मगग	रेसासा

प्रकार अकरावा

आरोह– स्वर	सासारेरेग	रेरेगगम	गगममप
	ममपपध	पपधधनी	धधनीनीसां
अवरोह – स्वर	सांसांनीनीध	नीनीधधप	धधपपम
	पपममग	ममगगरे	गगरेरेसा

प्रकार बारावा

आरोह– स्वर	सारेम	रेगप	गमध	मपनी	पधसां
अवरोह – स्वर	सांनिप	नीधम	धपग	पमरे	गमसा

प्रकार तेरावा

आरोह– स्वर	सा रेसा गसा मसा पसा धसा नीसा सांसां । सारेगमपधनीसां
अवरोह – स्वर	सां निसां पसां मसां गसां रेसां सांसां । सांनीधपमगरेसा

वरील सर्व अलंकार खूप वेळा घोटून त्याचा पूर्ण अभ्यास झाल्यावर यापुढील दिलेल्या रागांचे आरोह अवरोह वाजविण्याची प्रॅक्टिस करावी. त्यामुळे त्या त्या रागांची जास्त माहिती होईल. मात्र रागाचे पूर्ण ज्ञान होण्यास गुरुची आवश्यकता असते हे लक्षात ठेवावे.

टीप : कोमल स्वराचे धडे शिकण्यास अवघड आहेत. तरीपण गाण्यातून अनेक वेळा अशा स्वरांची गुंफण किंवा रचना केलेली असते म्हणून त्याचाही सराव करणे आवश्यक आहे. म्हणून वरील प्रकारात कधी रे, कधी ग तर कधी ध असे स्वर कोमल धरुन वाजविण्याचा सराव करावा.

वरील सर्व सरगमच्या प्रकाराची प्रॅक्टिस करताना दोन गोष्टींकडे लक्ष द्यावे ते म्हणजे भाता उगीचच जास्त जोरात हलवू नये व वरील कोष्टकात दिलेल्या प्रमाणेच बोटे ठेवली जात आहे हे काळजीपूर्वक लक्ष देऊन पहावे. प्रॅक्टिस करताना सुरुवातीला प्रत्येक धडा धीमे गतीने वाजवावा पण अचूकतेने वाजवावा. त्यानंतर प्रॅक्टिस जशी वाढेल तसा प्रत्येक धड्याचा प्रकार वाजविताना वेग हळू हळू वाढवावा. मात्र वेग वाढला तरी बोटांचा अचूकता कायम टिकते आहे ना? याकडे जरूर लक्ष द्यावे. बऱ्याच सरावानंतर तुमचे वाजवणे बिनचूक होत जाईल.

एखाद्या गाण्याने नोटेशन वाजवताना सुद्धा सगळेच गाणे एकदम वाजविण्यास लागू नये, उलट १–१, २–२, ओळी शांतपणे वाजवाव्यात, त्या चांगल्या घोटाव्यात व मग त्यापुढच्या ओळी वाजविण्याचा सराव करावा म्हणजे नेमकेपणा साधून गाणे पुढे पुढे सरकते.

मुख्य १० रागाचे (चलन) स्वर खाली दिले आहे. सरगमचा सराव करताना वर दिलेलाच प्रकार पुन्हा वाजवून कंटाळा येतो. अशा वेळेस खाली दिलेल्या

रागांच्या स्वर रचनेप्रमाणे पेटी वाजवली तर तुम्हाला त्या त्या रागांची माहितीही होईल आणि वेगवेगळ्या स्वर रचना वाजविण्यातील उत्साह टिकून राहिल.

हिंदुस्थानी पद्धतीचे दहा थाट

१.	बिलावल थाट	सर्व शुद्ध स्वर	सारेगमपधनिसां
२.	खमाज थाट	नी कोमल इतर सर्व शुद्ध	सारेगमपधनिसां
३.	कल्याण थाट	मं तीव्र इतर सर्व शुद्ध	सारेगमंपधनिसां
४.	काफी थाट	ग व नी कोमल इतर सर्व शुद्ध	सारेगमपधनिसां
५.	भैरव थाट	रे ध कोमल इतर सर्व शुद्ध	सारेगमपधनिसां
६.	मारवा थाट	रे मं शिवाय इतर सर्व शुद्ध	सारेगमंपधनिसां
७.	आसावरी थाट	ग ध नी कोमल इतर सर्व शुद्ध	सारेगमपधनिसां
८.	पूर्वी थाट	रे मं ध कोमल इतर सर्व शुद्ध	सारेगमंपधनिसां
९.	भैरव थाट	रे ग ध नी कोमल इतर सर्व शुद्ध	सारेगमपधनिसां
१०.	तोडी थाट	रे ग मं ध कोमल इतर सर्व शुद्ध	सारेगमंपधनिसां

याशिवाय आणखी सूचना अशी की एकदा तुम्ही 'सा' ची पट्टी ठरवलीत म्हणजे तेथून पुढे एकूण १२ पट्ट्यांवर चिकटणाऱ्या छोट्या स्टिकरच्या पांढऱ्या पट्ट्या चिकटवाव्यात व त्यावर सा रे ग म असे एकूण १२ स्वरांची नावे लिहावीत. म्हणजे प्रॅक्टीसचे वेळी स्वराची नेमकी पट्टी सापडायाला मदत होईल. तुमचे माहितीसाठी १२ पट्ट्यावर स्टिकर चिकटवलेले चित्र पुढे दिले आहे. बोटांना सराव झाल्यानंतर या पट्ट्या काढून टाकाव्यात म्हणजे पेटी खराब दिसणार नाही.

पांढरी १ पट्टी 'सा' धरल्यास खालीलप्रमाणे स्टिकर चिकटवावीत.

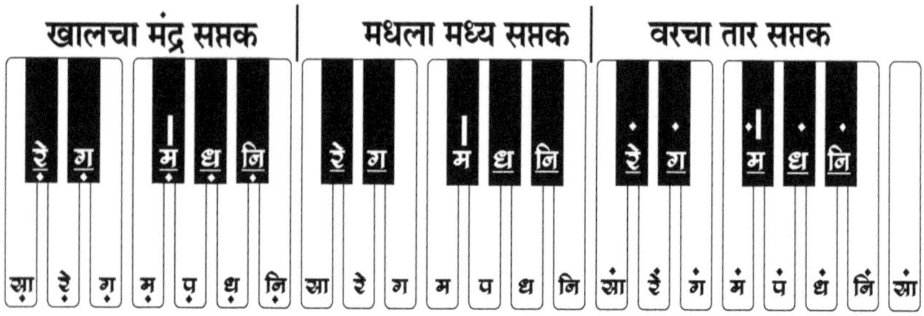

काळी १ पट्टी 'सा' धरल्यास खालीलप्रमाणे स्टिकर चिकटवावीत.

काळी ४ पट्टी 'सा' धरल्यास मध्य सप्तकात खालीलप्रमाणे स्टिकर चिकटवावीत.

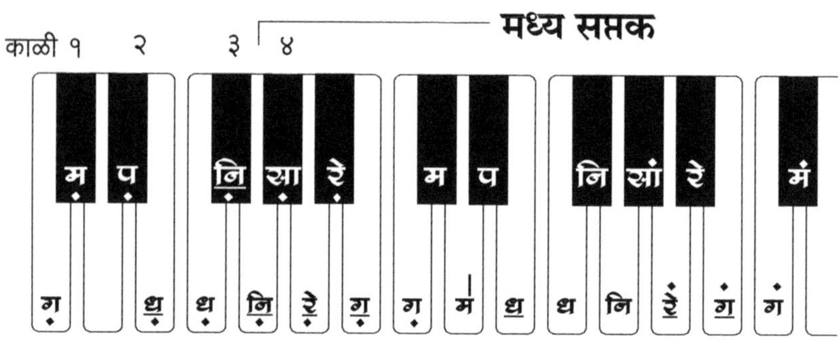

➤ ताल, मात्रा सम, काल म्हणजे काय?

१) मात्रा : आपण जेव्हा १, २, ३, ४ हे आकडे तालात म्हणताना किंवा दोन आकड्याच्या उच्चारात सारखाच वेळ देऊन म्हणू लागलो तर तो वेळ किंवा तो अवधी म्हणजे मात्रा होय.

२) ताल : ताल हे संगीतातले कालमापनाचे साधन आहे. आपण जर टाळ्या वाजवत व सारख्याच वेळेचे अंतर ठेऊन – एक, दोन, तीन, चार – म्हणू लागलो तर तो चार मात्रांचा ताल झाला. मात्रांच्या संख्येवर तालाचा प्रकार ठरतो. जसे ८ मात्रा म्हणजे केरवा, सहा मात्रांचा दादरा इ.

३) सम : कोणत्याही तालाच्या पहिल्या मात्रेला सम म्हणतात. (चिन्ह +)

४) काल : समेनंतर तालात येणारी महत्वाची मात्रा म्हणजे काल. (चिन्ह ०) 'काल' टाळी न वाजवता हात बाजूला करून दर्शवितात. काही मात्रांवर नुसत्या टाळ्या असतात.

➤ **खंड :** तालामध्ये मात्रांचे जे गट असतात त्यांना खंड म्हणतात.

काही प्रचलित तालांची माहिती पुढे दिली आहे

१) ताल – केरवा मात्रा : आठ (काही ठिकाणी ४ मात्राचाही केरवा प्रचलित आहे)

खंड २/२/२/२ टाळी १/३/७ सम १, काल ५

१	२	३	४	५	६	७	८
धा	गि	न	ति	न	क	धि	न
+				०			

२) ताल – दादरा– मात्रा : सहा

खंड ३/३ सम १, काल ४

१	२	३	४	५	६
धा	धिं	धा	धा	तू	ना
+				०	

३) ताल – रूपक मात्रा : सात

खंड ३/२/२ टाळी ४/६ सम आणि काल दोन्ही पहिल्याच मात्रेवर हे या तालाचे वैशिष्ट्य.

१	२	३	४	५	६	७
ति	ति	ना	धी	ना	धी	ना
०			टाळी		टाळी	
+						

४) ताल – तीन ताल (त्रिताल) मात्रा : सोळा

खंड ४/४/४/४ सम १ काल ९ टाळी ५/१३.

१	२	३	४	५	६	७	८
धा	धीं	धीं	धा	धा	धीं	धीं	धा
+							
सम				टाळी			
९	१०	११	१२	१३	१४	१५	१६
धा	तीं	तीं	ता	ता	धीं	धीं	धा
०							
काल				टाळी			

५) ताल – धुमाळी मात्रा : आठ

खंड २/२/२/२ सम १ काल ५ टाळी ३, ७.

१	२	३	४	५	६	७	८
धीं	धीं	धा	तीं	त्रक	धीं	धागे	त्रक
+		टाळी		०		टाळी	
				काल			

६) ताल – खेमटा मात्रा : सहा

खंड ३/३ सम १ काल ४.

१	२	३	४	५	६
धीं	धा	धा	तीं	ता	ता
+			०		

७) ताल – भजनी मात्रा : आठ

खंड २/२/२/२ सम १ काल ५.

१	२	३	४	५	६	७	८
धीं	धाधीं	ऽधिं	धा	धिं	धति	ऽति	नक

➤ **श्रवण, अवलोकन व गुणग्राहकता**

पेटीवर गाणे वाजविण्याचा दर्जा दिवसेनदिवस सुधारावा असे तुम्हाला वाटत असेल तर आठवड्यातून किमान ३ दिवस प्रॅक्टिस चालू ठेवावी. संगीतामध्ये श्रवणाला खूप महत्त्व असते म्हणून कै. गोविंदराव पटवर्धन, श्रीयुत पु. ल. देशपांडे, डॉ. पाबळकर इ. च्या हार्मोनियम वादनाच्या सीडी मिळाल्या तर अवश्य आणा व लक्षपूर्वक पुनःपुन्हा ऐका. आकाशवाणी तसेच दूरदर्शनवरून सुद्धा जेव्हा संगीताचे कार्यक्रम होतात तेव्हा पेटी वाजविणाऱ्याकडे मुद्दाम लक्ष द्यावे. अशा गोष्टींमुळे तुमच्या पेटी वाजविण्यावर चांगला परिणाम होईल व दर्जा सुधारेल. एखादा कलाकार एखादे वाद्य वाजवित असेल तेव्हा त्याच्यातले गुण पहावेत व ते उचलण्याचा प्रयत्न करावा. त्याच्या वाजविण्याच्या पद्धतीत तुमचे दृष्टीने काही दोष आढळला तर त्याकडे दुर्लक्ष करावे कारण दुर्लक्षावरच चर्चा करीत बसलात तर नेमके घेण्यासारखे काय आहे याचा मात्र विसर पडतो. याशिवाय तुमच्यातला आत्मविश्वास वाढावा म्हणून ज्या वेळेस तुम्हास बऱ्यापैकी गाणी पेटीवर वाजवायला यायला लागतील तेव्हा तुम्ही आपणहून चार लोकांसमोर किंवा घरगुती छोट्या छोट्या समारंभात तुमचा पेटीवादनाचा कार्यक्रम करा की ज्यामुळे तुमचा आत्मविश्वास वाढेल व लोकांनी कौतुक केले तर जास्त वेळ पेटी वाजवण्यास तुम्हास हुरुपही येईल.

काही नवोदित वादक कलाकारांनी मला खालील प्रश्न विचारले आहेत. त्याची उत्तरे पुढीलप्रमाणे –

प्र.१) पेटी लवकर वाजवता यावी यासाठी काय करावे?

उ. या पुस्तकातील मार्गदर्शनानुसार खूप रियाज करावा.

प्र.२) काही गाणी वाजवता यायला लागल्यावर आपल्याला पाहिजे असेल ते कोणतेही गाणे वाजवता येते का?

उ. नाही. प्रत्येक गाण्याच्या स्वर रचनेमध्ये फरक असतो. म्हणून ती स्वरचना लक्षात आल्यावरच ते गाणे वाजवता येईल.

प्र.३) पेटी वाजवून त्याचबरोबर मला गाताही येईल का?

उ. दोन्ही गोष्टींवर पूर्ण प्रभुत्व (मास्टरी) मिळाले असेल तर पेटी वाजवणे व गाणे एकाच वेळी करता येईल.

प्र.४) मला एखाद्या गायकाची पेटीवर साथ करता येईल का?

उ. वेगवेगळे गायक वेगवेगळ्या पट्टीमध्ये गातात. सबब ज्या पेटीवादकाला त्या त्या गायकीत येणारे सर्व शुद्ध व कोमल स्वर याचे झटकन ज्ञान होते तोच गायकाची पेटीबरोबर साथ करू शकेल.

वरील सर्व गोष्टी नुसत्या पुस्तकी ज्ञानाने येणार नाहीत तर त्याला प्रत्यक्ष गुरुकडूनच (म्हणजेच तज्ज्ञ संगीत शिक्षकाडून) मार्गदर्शन घ्यायला हवे.

आणखी काही माहिती हवी असल्यास कृपया लेखकाशी संपर्क साधावा. सर्व नवीन वादक कलाकरांना या पुस्तकाचा गाइड म्हणून उपयोग होवो हीच सदिच्छा!

- चंद्रकांत साने

चिन्हांचा परिचय

या पुस्तकात नोटेशनसाठी वापरलेल्या चिन्हांचा परिचय :

१) शुद्ध स्वरांना खूण नाही.

२) कोमल स्वराच्या खाली आडवी रेघ दिली आहे उदा. ग॒, ध॒.

३) तीव्र मध्यमासाठी त्यावर उभी रेघ दिली आहे. उदा. मॅ.

४) मध्य सप्तकातील स्वरांना खूण नाही.

५) मंद्र सप्तकातील स्वरांखाली बिंदू दिला आहे. उदा. नि़, ध़, प़.

६) तार सप्तकातील स्वरांचे डोळ्यावर बिंदू दिला आहे. उदा. निं, धं, पं.

७) ‿ असा कंस ज्या स्वरांना मिळून केलेला आहे ते सर्व स्वर एका मात्रावकाशाचे समजावेत. उदा. रेगमप

८) ⌒ असे चिन्ह मींडसाठी वापरले आहे. उदा. ग म.

९) गीतापुढील अवग्रह ऽ गीतातील उच्चारण दाखवतो. उदा. माऽझे.

१०) + हे चिन्ह सम दाखवते तर ० हे चिन्ह काल दाखवते.

११) स्वरापुढील आडवी रेघ स्वरातील उच्चरण दाखविते. उदा. रे – ग –.

१२) समेच्या आधी येणारे शब्द समासात दाखवले आहेत.

१३) मंद्र सप्तकातील कोमल स्वर असेल तर त्या स्वरास दोन चिन्हे वापरली आहेत. उदा. ग़॒ ध़॒

१४) तार सप्तकातील कोमल स्वर असेल तर त्यालाही दोन चिन्हे वापरली आहेत. उदा. रें॒ गं॒.

१५) स्वराखाली ० असे चिन्ह म्हणजे त्या स्वरावर अर्धी मात्रा थांबावे.

♫ ♫ ♫ ♫

टीप : वरील जवळ जवळ सर्वच गाणी सुगम संगीताच्या प्रकारात मोडत असल्याने त्यातील स्वरांमध्ये त्या त्या रागाच्या स्वरांच्या व्यतिरिक्त इतरही स्वरांचा उपयोग केलेला आढळतो. पण त्यामुळे रंजकता वाढते आणि त्यातील भावनांचे प्रगटीकरण जास्त परिणामकारक ठरते असा अनुभव आहे.

१	**बुगडी माझी सांडली गं** गायिका : आशा भोसले, संगीत : वसंत पवार सिनेमा : सांगते ऐका

हाय बुगडी माझी सांडली गं
जाता साताऱ्याला गं जाता साताऱ्याला
चुगली नका सांगू गं म्हाताऱ्याला
गं माझ्या म्हाताऱ्याला
चुगली नका सांगू गं कुणी हिच्या
म्हाताऱ्याला गं हिच्या म्हाताऱ्याला ।।धृ।।

माझ्या शेजारी तरुण राहतो
टकमक टकमक मला तो पहातो
कधी खुणेने जवळ बाहतो, जवळ बाहतो, जवळ बाहतो
कधी नाही ते भुलले गं बाई
त्याच्या इशाऱ्याला त्याच्या इशाऱ्याला ।।१।।

आज अचानक घरी तो आला
पैरण फेटा नि पाठीस शेमला
फार गोड तो मजसी गमला
मजसी गमला मजसी गमला
दिला बसाया पाट मी बाई
त्याला शेजाऱ्याला माझ्या शेजाऱ्याला।।२।।

घरात नव्हते तेव्हा बाबा
माझा मजवर कुठला ताबा
त्याची धिटाई तोबा तोबा, तोबा, तोबा।।३।।

त्याने आणिली आपुली गाडी
तयार जुंपून खिलार जोडी

मी ही ल्याली गं पिवळी साडी
पिवळी साडी, पिवळी साडी
वेड्यावानी जोडीन ग गेलो आम्ही बाजाराला
आम्ही बाजाराला।।४।।

येण्या आधी बाबा परतून
पोचणार मी घरात जाऊन
मग पुसतील काना पाहून, काना पाहून, काना पाहून
काय तेव्हा सांगू मी बाई त्याला बिचाऱ्याला, त्याला बिचाऱ्याला।।५।।

♫ ♫ ♫ ♫

१

बुगडी माझी सांडली गं

आरोह : सा रे म प ध सां,

राग : जोगिया, अवरोह : सां नि ध प म रे सा, ताल : खेमटा

	+			०			+			०		
बु	गडी		माझी	सां	ऽ	डली	गऽऽ	ऽ	ऽ	–		–
सा	सारे		सा नि	सा	–	रे	गमग	रे	सा			
	जा	ऽ	ताऽ	सा	ता	न्या	ला ग	जा	ता	सा	ताऽऽ	न्या
	सा	रे	सानि	नि	सा	सा	सारे	ग	ग	रे	ग^{म}ग	रे
	ला	ऽ	ऽ	ऽ	ऽ	चु	गली	न	का	सां	ऽ	गू
	सा	–	–	–	–	सा	सारे	सा	नि	सा	–	रे
	गऽऽ	ऽ	ऽ	ऽ	ऽ		माऽ	ऽ	झ्या	म्हा	ता	न्या
	ग^{म}ग	रे	सा	–	–		सारे	सा	नि	नि	सा	सा
	ला ग	मा	झ्या	म्हा	ताऽऽ	न्या	ला	ऽ	ऽ	ऽ	ऽ	ऽ
	सारे	ग	म	रे	ग^{म}ग	रे	सा	–	–	–	–	–
चु	गली	न	का	सां	ऽ	गू	गऽऽ	ऽ	ऽ	ऽ	हि	च्या
सा	सारे	सा	नि	सा	–	रे	ग^{म}ग	रे	सा	–	सा	नि
	म्हा	ता	न्या	ला ग	ऽ	हिच्या	म्हा	ता	न्या	ला	ऽ	ऽ
	नि	सा	सा	सारे	–	गग	रे	ग	रे	सा	– –।।धृ।।	
माझ्या	शे	जा	री	त	रुऽ	ण	रा	ह	तो	ऽ	ऽ	ऽ
सासा	नि	सा	सा	सा	रेम	ग	रे	सा	सा	–	–	–
	टक	म	क	टक	म	क	म	लाऽ	प	हा	ऽ	तो
	सारे	सा	रे	निसा	सा	सा	सा	रेम	ग	रे	सा	सा
	ऽ	ऽ	ऽ	ऽ	ऽ	कधी	खु	णे	नी	ज	व	ळ
	–	–	–	–	–	सारे	म	म	म	म	म	म
	पा	ह	तोऽऽऽ	ऽ	जव	ळ	पा	ह	तो	ज	व	ळ
	म	–	पधपम	ग	गम	ग	रे	–	रे	ग	म	ग
	पा	ह	तो	–	–	कधी	ना	ही	ग	भुल	ले	च
	रे	सा	सा			गम	ध	ध	ध	पध	म	म

	+			०			+			०		
	बा	ऽ	ई	ऽ	त्याऽऽ	च्या	इ	शा	च्या	ला	त्याऽ	च्या
	म	–	पधपम	ग	गपम	ग	रे	रे	रे	रे	गम	ग
	इ	शाऽऽ	च्या	ला	ऽ	ऽ	–	–	–	–	–	
	रे	गमग	रे	सा	–	–						॥१॥
	आ	ज	अ	चा	ऽ	नक	घ	रीऽ	तो	आ	ऽ	ला
	म	म	म	म	–	मम	ग	मग	रे	सा	–	सा
	पैऽ	र	ण	फे	ऽ	टान्	पा	ठीऽ	स	शे	म	ला
	सारे	नि़	नि़	सा	नि़	सारे	ग	मग	रे	सा	सा	सा
फार	गो	ड	तो	ऽ	मज	सी	ग	म	लाऽऽऽ	ऽ	मज	सी
सारे	म	म	म	–	मम	म	म	म	पधपम	ग	गम	ग
	ग	म	ला	ऽ	मज	सी	ग	म	ला	ऽ	ऽ	ऽ
	रे	रे	रे	–	गम	ग	रे	सा	सा	–	–	–
दिला	ब	सा	या	पाऽ	ट	मी	बा	ऽ	ईऽऽऽ	ऽ	त्याऽऽ	ला
गम	ध	ध	ध	पध	म	म	म	–	पधपम	ग	गपम	ग
	शे	जा	च्या	ला	माऽऽ	झ्या	शे	जाऽ	च्या	ला	ऽ	ऽ
	रे	रे	रे	रे	गपम	ग	रे	गमग	रे	सा	–	– ॥२॥
	घ	रा	त	न	व्ह	ते	तें	ऽ	व्हा	बा	ऽ	बा
	नि़	सा	ग	रे	सा	सारे	नि़	सा	साग	रे	सा	सा
	मा	ऽ	झाऽ	मज	व	र	कुठ	ला	ऽ	ता	ऽ	बा
	नि़	सा	साग	रेसा	सा	रे	नि़सा	सा	ग	रे	सा	सा
त्याची	धी	टा	ई	ऽ	तो	बा	तो	ऽ	बाऽऽऽ	ऽ	ऽ	तोबा
सारे	म	म	म	–	म	म	म	–	पधपम	ग		गपमग
	तो	बा	ऽ	ऽ	तोऽऽ	बा	तो	ऽ	बा	ऽ		
	रे	रे	–	–	गमग	रे	सा	–	सा	–		॥३॥
	त्या	ऽ	ने	आ	णि	लीऽ	आ	पु	लीऽ	गा	ऽ	डी
	ध	–	ध	प	ध	पम	ग	ग	मग	रे	सा	सा

	+			○			+			○		
	त	या	र	जुं	पू	न	खि	ला	र	जो	ऽ	डी
	ध	ध	ध	पध	प	म	ग	म	ग	रे	सा	सा
मीही	ल्या	ली	ग	पि	व	ळी	सा	ऽ	डीऽऽऽ	ऽपि	व	ळी
सारे	म	म	म	म	म	म	म	–	पधपम	गग	म	ग
	सा	ऽ	डी	पि	व	ळी	सा	ऽ	डी	ऽ	ऽ	ऽ
	रे	–	रे	ग	म	ग	रे	सा	सा	–	–	–
वेड्या	वा	नी	जो	डी	ऽ	नग	गे	लोऽ	ऽऽ	ऽ	आ	म्ही
गम	ध	ध	ध	प	ध	पम	म	पध	पम	ग	गप	मग
	बा	जा	रा	ला	आऽऽ	म्ही	बा	जाऽऽ	रा	ला	ऽ	ऽ
	रे	रे	रे	रे	गपम	ग	रे	गपम		रे	सा–।।४।।	
	ये	ऽ	ण्याऽ	आ	ऽ	धी	बाऽऽ	बा	ऽ	पर	तु	न
	प	ध	सांनि	ध	प	प	पधप	ग	म	पध	प	–
	पोच	णा	ऽ	ऽ	र	मी	घ	रा	त	जाऽ	ऊ	न
	पध	म	प	–	म	ग	ग	म	ग	रेसा	सा	सा
मग	पुस	ती	ल	का	ऽ	ना	पा	हूऽ	ऽऽ	न	काऽ	नाऽ
सारे	म	म	म	म	–	म	म	पध	पम	ग	गप	मग
	पा	हू	ऽ	न	काऽ	ना	पा	हू	ऽ	न	ऽ	ऽ
	रे	रे	–	–	गम	ग	रे	सा	–	सा	–	–
काय	तें	व्हा	ऽ	सांऽ	गू	मी	बा	ईऽ	ऽऽऽ	त्या	ऽ	ला
गम	ध	ध	ध	पध	प	म	म	पध	पनग	गप	म	ग
	बि	चा	न्या	ला	त्याऽऽ	ला	बि	चाऽऽ	न्या	ला	ऽ	ऽ
	रे	रे	रे	रे	गपम	ग	रे	गमग	रे	सा	––।।५।।	

टीप : समेच्या आधी उचललेले शब्द समासात दाखविलेले आहेत.

२

लटपट लटपट तुझं चालणं

गायिका : लता मंगेशकर, संगीत : शाहीर राम जोशी
संगीत दिग्दर्शक : वसंत देसाई, सिनेमा : होनाजी बाळा

लटपट लटपट लटपट लटपट तुझं चालणं गं मोठ्या नखऱ्याचं
बोलणं गं मंजुळ मैनेचं नारी ग नारी ग ।।धृ।।

कांती नव नव तिची दिसे चंद्राची प्रभा ढवळी
जाईची रे वेल कवळी, दिसे नार सुकुमार नरम गाल व्हट पवळी
जशी चवळीची शेंग कवळी, दिसे नार सुकुमार नरम गाल व्हट पवळी
तारुणपण अंगात झोक मदनाचं जोरातं
चालणं गं मोठ्या नखऱ्याचं, बोलण गं मंजुळ मैनेचं
नारी गं नारी गं ।।१।।

रुप सुरतीचा डौल, तेज अनमोल, सगुण गहिना
जशी का पिंजऱ्यातील मैना
हिच्यासाठी कितीकांची जनलोकात झाली दैना
अशी ही चंचल मृगनयना,
हिच्यासाठी कितीकांची जनलोकात झाली दैना
निर्मल कोमल तेज गं जैसे तुटत्या ताऱ्याचं
चालणं गं मोठ्या नखऱ्याचं, बोलण गं मंजुळ मैनेचं
नारी गं नारी गं ।।२।।

♫ ♫ ♫ ♫

२

लटपट लटपट तुझं चालणं

राग : मिश्र,

ताल : केरवा

	+		०		+		०	
पार्श्वसंगीत	मप	मध	पध	मप	मप	मध	पध	मप
	सारे	रेम	मप	पध	पम	–ध	पध	मप
	सारे	रेम	मप	पध	पम	–ध	पध	–प
	लट	**पट**	**लट**	**पट**	**तुझ**	**चाऽ**	**–ल**	**णं गं**
	मध	धध	धध	धसां	पप	धध	–ध	धसां
	मोऽ	**ठ्याऽऽऽ**	**नख**	**ऱ्याऽ**	**चंऽ**	**चाऽ**	**ऽल**	**णं गं**
	प–	पधनिध	पम	म–	धप	–ध	धध	धसां
	मोऽ	**ठ्याऽऽऽ**	**नख**	**ऱ्याऽ**	**चंऽ**	**बोऽ**	**लऽ**	**णंगं**
	प–	पधनिध	पम	म–	धप	–ध	धध	धसां
	मंऽ	**जुळऽऽ**	**मैऽ**	**नेऽ**	**चंऽ**	**ऽबो**	**ऽल**	**णं गं**
	प–	पधनिध	पम	म–	म–	प–	धध	धसां
	मंऽ	**जुळऽऽ**	**मैऽ**	**नेऽ**	**चंऽ**	**ऽऽ**	**ऽऽ**	**नाऽ**
	प	पधनिध	पम	म–	म–	––	––	म–
	रीग	**ऽऽऽऽ**	**ऽऽऽऽ**	**ऽऽऽऽ**	**ऽऽ**	**ऽऽऽऽ**	**ऽऽऽऽ**	**ऽऽनाऽ**
	पध	निधपध	निधपध	निधपध	सां–	––	––	धप
	रीऽ	**गऽऽऽ**	**ऽऽऽऽ**	**ऽऽऽऽ**	**ऽऽ**	**ऽऽ**	**ऽऽ**	**नाऽ**
	मप	धपमप	धपमप	धपमप	ध–	––	ध–	निध
	रीऽ	**गऽ**	**ऽऽ**	**नाऽ**	**री ग**	**ऽऽ**	**ऽऽ**	**नाऽ**
	पम	––	ध–	निध	पम	––	ध–	निध
	रीऽ	**गऽ**	**––**	**––**	**––**	**––**	**––**	**––**
	पम	––	––	––	––	––	––	––
	––	––	––	––	––	––	––	
	लट	**पट**	**लट**	**पट**	**लट**	**पट**	**लट**	**पट**
	मध	धध	धध	धसां	पध	धध	धध	धसां

	+		○		+		○	
	तुझ	**चाऽ**	**लऽ**	**णऽ**	--	--	--	--
पार्श्वसंगीत	पध	– ध	ध –	धसां	मप	मध	पध	पम
	सारे	रेम	मप	पध	पम	– ध	पध	– म
गाणे–	**कांऽ**	**ती**	**नव**	**नव**	**तिची**	--	--	--
	सारे	रेम	मप	पध	धप	– ध	पध	म –
	कांऽ	**तीऽ**	**नव**	**नव**	**तिची**	**ऽ दि**	**से ऽ**	**चंद**
	सारे	रेम	मप	पध	पम	– म	मप	पध
	राची	**ऽ प्र**	**भाऽ**	**ढव**	**ळीऽ**	--	--	--
	पम	धनि	सां –	निध	ध –	धध	निसां	निध
	जाई	**चिरे**	**वेल**	**कव**	**ळीऽ**	**जाऽ**	**ईऽ**	**चिरे**
	धनि	निसां	रेनि	सांनि	ध –	धनि	निसां	सांरे
	वेल	**कव**	**ळीऽ**	--	**दिसे**	**नार**	**सुकु**	**मार**
	रेंनि	सांनि	ध –	--	मप	पध	मप	पध
	नर	**मगा**	**ऽल**	**व्हट**	**पव**	**ळीऽ**	**दिसे**	**नार**
	मप	मम	सांनि	धप	धप	म –	मप	पध
	सुकु	**मार**	**नर**	**मगा**	**ऽल**	**व्हट**	**पव**	**ळीऽ**
	मप	पध	मप	मम	सांनि	धप	धप	म –
	जशी	**चव**	**ळीची**	**शेंऽ**	**गक**	**वऽ**	**ळी ऽ**	**ऽऽ**
	धध	धनि	सांगं	रें –	निसां	नि–	ध–	--
	जशी	**चव**	**ळीची**	**शेंऽ**	**ग क**	**वऽ**	**ळीऽ**	**ऽऽ**
	धध	धनि	सां गं	रें–	नि सां	नि–	ध–	--
	दिस	**णार**	**सुकु**	**मार**	**नर**	**मगा**	**ऽल**	**व्हट**
	मप	पध	मप	पध	मप	मम	सांनि	धप
	पव	**ळीऽ**	**ऽऽ**	**ऽऽ**	**ऽऽ**	**ऽऽ**	**ताऽ**	**रुण**
	धप	म–	--	--	--	--	मध	धध
	पण	**अंऽ**	**गाऽ**	**तऽ**	**झोक**	**मद**	**नाऽ**	**चऽ**
	धध	धसां	म–	धध	धध	धसां	प–	ध–

	+		○		+		○	
	जोऽ	राऽ	चऽ	ऽचा	ऽल	णग	मोऽ	ठ्याऽ
	प-	म-	प-	पध	धध	सां-	प-	ध-
	नख	न्याऽ	चंऽ	ऽबो	लण	गंऽ	मंऽ	जुळ
	मम	म-	प-	ध-	धध	सां-	प-	धध
	मैऽ	नेऽ	चंऽ	ऽना	री ग	ऽऽऽऽ	ऽऽऽऽ	ऽऽऽऽ
	म-	म-	म-	-म	पध	निधपध	निधपध	निधपध
	ऽऽ	ऽऽ	ऽऽ	नाऽ	रीग	ऽऽऽऽ	ऽऽऽऽ	ऽऽऽऽ
	सां			धप	मप	धपमप	धपमप	धपमप
	ऽऽ	ऽऽ	ऽऽ	नाऽ	री ग	ऽऽ	ऽऽ	नाऽ
	ध			ध-	पम	--	--	ध-
	रीग	ऽऽ	ऽऽ	नाऽ	री ग	ऽऽ	ऽऽ	ऽऽ
	पम	--	--	-ध-	पम	--	--	--
	लट	पट	लट	पट	लट	पट	लट	पट
	मध	धध	धध	धसां	मध	धध	धध	धसां
	तुझ	ऽचा	ऽल	णऽ	--	--	--	--
	पप	धध	-ध	धसां	--	--	--	--
पाश्वसंगीत					मध	मध	पम	रेसा
	मप	मध	पध	मप	मप	मध	पध	मप
	सारे	रेम	मप	पध	पम	--	--	--
गाणे सुरू	रुप	सुर	तीऽ	चाऽ	डौल	--	--	--
	सारे	रेम	मप	पध	पम	--	--	--
	रुप	सुर	तीऽ	चाऽ	डौल	ऽल तेऽ	ऽज	अन
	सारे	रेम	मप	पध	प-	म म-	- प	पध
	मोऽ	ल स	गुण	गाहि	नाऽ	--	--	--
	प-	मध	धनि	सांनि	ध-	ऽध	धनि	सांनि
	--	ज-	सी-	काऽ	पिंज	न्याऽ	तील	मैऽ
	ध-	-ध	ध-	नि-	सां सां	सांगं	रेंसां	निध

+		○		+		○	
नाऽ	**–ज**	**सी–**	**काऽ**	**पिंज**	**न्याऽ**	**तील**	**मैऽ**
ध–	ध–	ध–	नि–	सांसां	सांगं	रेंसां	निध
नाऽ	**ऽऽ**	**ऽऽ**	**ऽऽ**	**हिच्या**	**साठी**	**किती**	**कांची**
ध–	– –	– –	– –	मप	पध	मप	पध
जन	**लोका**	**ऽत**	**झाली**	**दैऽ**	**ऽना**	**ऽऽ**	**ऽऽ**
मप	मसां	–नि	धप	ध–	पम	– –	– –
हिच्या	**साठी**	**किती**	**कांची**	**जन**	**लोका**	**ऽत**	**झाली**
मप	पध	मप	पध	मप	मसां	–नि	धप
दैऽ	**ना अ**	**शीऽ**	**हीऽ**	**चंऽ**	**चल**	**मृग**	**नय**
ध–प	मध	ध–	धनि	सां–	सांगं	रेंसां	नि नि
नाऽ	**ऽअ**	**शीऽ**	**हीऽ**	**चंऽ**	**चल**	**मृग**	**नय**
ध–	–ध	ध–	धनि	सां	सांगं	रेंसां	नि नि
नाऽ	**ऽ**	**ऽ**	**ऽ**	**हिच्या**	**साठी**	**किती**	**कांची**
ध–	–	–	–	मप	पध	मप	पध
जन	**लोका**	**ऽत**	**झाली**	**दैऽ**	**नाऽ**	**ऽ**	**ऽ**
मप	मसां	–नि	धप	धप	म–	–	–
निर	**मल**	**कोऽ**	**मल**	**तेऽ**	**जग**	**जैऽ**	**सेऽ**
मध	धध	ध–	धसां	प–	धध	ध–	धसां
तुट	**त्याऽ**	**ताऽ**	**न्याऽ**	**चंऽ**	**ऽचा**	**ऽल**	**णग**
पप	ध–	म–	म–	धप	–ध	–ध	धसां
मोऽ	**ठ्याऽ**	**नख**	**न्याऽ**	**चंऽ**	**ऽबो**	**ऽल**	**णंग**
प–	ध–	मम	प–	प–	–प	धध	धसां
मंऽ	**जुळ**	**मैऽ**	**नेऽ**	**चंऽ**	**ऽबो**	**ऽल**	**णग**
प–	धध	म–	म–	धप	–प	धध	धसां
मंऽ	**जुळ**	**मैऽ**	**नेऽ**	**चंऽ**	**ऽ**	**ऽ**	**ऽ**
प–	धध	म–	म–	म–	–	–	–
नाऽ	**रीगऽऽ**	**ऽऽऽऽ**	**ऽऽऽऽ**	**ऽऽऽऽ**	**ऽऽ**	**ऽऽ**	**ऽऽ**
म–	पध– –	निधपध	निधपध	निधपध	सांऽ	– –	– –

	+		○		+		○	
	नाऽ	री गऽऽ	ऽऽऽऽ	ऽऽऽऽ	ऽऽऽऽ	ऽऽ	ऽऽ	ऽऽ
	प–	मप––	धपमप	धपमप	धपमप	ध–	––	––
	नाऽ	री ग	ऽऽ	ऽऽ	नाऽ	री ग	ऽऽ	ऽऽ
	धनिध	पम	––	––	धनिध	पम	––	––
	नाऽ	रीग	ऽऽ	ऽऽ				
	धनिध	पम	––	––				॥२॥

३

सख्या रे घायाळ मी हरिणी

गायिका : लता मंगेशकर, कवी : जगदीश खेबुडकर
संगीत दिग्दर्शक : भास्कर चंदावरकर, सिनेमा : सामना

हा महाल कसला रान झाडी ही दाट
अंधार रातीचा कुठं दिसना वाट
कुण्या द्वाडानं घातला घाव केली कशी करणी
सख्या रे घायळ मी हरिणी।।धृ।।

काजळ काळी गर्द रात अन् कंप कंप अंगात
सळसळणाऱ्या पानांनाही रातकिड्याची साथ
कुठं लपू मी कशी लपू मी गेले भांबावून।।१।।

गुपित उमटले चेहऱ्यावरती भाव आगळे डोळ्यात
पाश गुंतले नियतीचे रे तुझ्या नि माझ्या भेटीत
कुठं पळू मी कशी पळू मी गेले मी हरवुनी।।२।।

♫ ♫ ♫ ♫

३	सख्या रे घायाळ मी हरिणी राग : मिश्र ताल : विलंबित केरवा ८ मात्रा

ठेक्या शिवाय	**हा**	**म हा ऽऽऽ ल**	**कसलाऽऽऽ**	**राऽन झाऽडी ही**	
	सां	सां सां ---सां	निरेंसां---	नि-नि नि-निधप	
	दाऽ	**टऽऽऽ**	**अंधाऽऽऽर**	**रातीचाऽऽऽऽऽऽऽ**	
	नि-नि---		धध---ध	धसां धसां धरें सांनिधप	
	कुठं	**दिसंऽनाऽ**	**वाऽऽट ।**	**कुण्या**	**व्द्राडानं**
	पप	पप-पपर्म	पधपप	ध ध	ध ध ध
	घा त लाऽऽऽ		**घाऽऽऽव ।**	**केली**	**कशीऽऽ**
	धसां सांरेंसांनि		नि---नि	पप	प म ग
	ऽऽऽ	**ऽऽऽऽऽ**	**कऽ रऽ णीऽऽ**		
	गम पम	मपधपम	ग-गरे रे--		
	सख्या	**रेऽऽऽ**	**ऽऽऽ**	**सख्या रे ऽऽऽ**	
	रे प	पधनिध	नि---	रें नि नि---	

	+	२	०	४	+	६	०	८
					स	**ख्या**	**रेऽ**	**ऽऽ**
					रे	प	पध	निध
	ऽ	**घा**	**या**	**ळऽ**	**मी**	**ऽ**	**ह**	**रि**
	नि	नि	नि	रेंनि	नि	-	ध	प
	णी	**ऽ**						
	नि	-						
पार्श्वसंगीत			रेगप	धपगग	नि	-	-	रेंनिधप
	नि	-	-	निधपग	रे	ग	प	रेगरे
	ग	गग	गग	रेगरे	प	-रे	गप	धग

	+	२	०	४	+	६	०	८
	निप	निगं	रेंनि	निधपग	ग			
गाणे सुरू					**का**	ऽ	**ज**	**ळ**
					ग	–	ग	ग
	का	ऽ	**ळी**	ऽ	**ग**	ऽ	**ई**	**रा**
	ग	रे	रे	–	रे	रे	रे	ग
	ऽ	**त्र**	**अन्**	ऽ	**कं**	ऽ	**प**	**कं**
	म॑	म॑	म॑	–	ग	–	ग	ग
	ऽ	**प**	**अं**	ऽऽऽ	**गा**	ऽ	**त**	ऽ
	म॑	म॑	म॑नि	धनिनि	ध	–	ध	–
	ऽ	ऽ	ऽ	ऽ	**सळ**	**सळ**	**णा**	**न्या**
	–	–	–	–	ग ग	सांसां	सां	सां
	पाऽ	**नांऽऽऽ**	**ना**	**ही**	**राऽ**	**त कि**	**ज्याऽ**	**चिऽ**
	धसां	रेंगंरेंसां	नि	नि	ध–	निध	म–	पध
	साऽ	**थऽ**	ऽ	ऽ	**कुठं**	**ऽल**	**पूऽ**	**मीऽ**
	प–	प–	–	–	पप	–प	म॑–	प–
	कशी	**ऽल**	**पूऽ**	**मीऽ**	**गेऽ**	**लेऽ**	**भांऽ**	**बाऽ**
	गम	साग	निध	ध–	ध–	सां–	रेंसां	सांमं
	उनी	ऽ	**भांऽ**	**बाऽ**	**ऊनी**	ऽ	–	–
	रें रें	–	रेंसां	सांमं	रेंरें	–	रेंनि	परे
	ग						(पार्श्वसंगीत)	
	सख्या	**रेऽऽऽ**	ऽऽ	ऽऽ	**सख्या**	**रे**	ऽ	ऽ
	गप	पधनिध	नि–	––	रेंनि	नि	–	–
	सख्या	**रेऽऽऽ**	**ऽघा**	**याऽळ**	**मी**	**हरि**	**णी**	ऽ॥१॥
	गप	पधनिध	नि नि	निसांनि	नि	धप	नि	–
कडवे २रे	**गुपि**	**त ऊ**	**मट**	**लेऽ**	**चेहे**	**ऱ्याऽ**	**वर**	**तीऽ**
	ग ग	ग ग	गरे	रे–	ग ग	गम॑	म॑म॑	म॑–
	भाऽ	**व आ**	**ऽग**	**ळेऽऽऽऽ**	**डोऽ**	**ळ्याऽ**	**तऽ**	ऽ
	ग–	ग ग	म॑ म॑	मनिधनिनि	ध–	ध–	ध–	–
	पाऽ	**श गुं**	**ऽत**	**लेऽ**	**निय**	**तीऽऽऽ**	**चेऽ**	**रेऽ**
	ग–	गसां	–सां	सांध	धसां	रेंगंरेंसां	नि–	नि–

	+	२	०	४	+	६	०	८
	तुझ्या	**ऽनि**	**माऽ**	**झ्याऽऽऽ**	**भेऽ**	**टीऽ**	**तऽ**	**ऽऽ**
	धनि	–ध	म–	पधनिधप	प–	प–	प–	–
	कुठ	**ऽप**	**ळूऽ**	**मीऽ**	**कशीऽऽ**	**ऽप**	**ळूऽ**	**मीऽ**
	पप	–प	म–	प–	ग–मगसा	–ग	निध	ध–
	गेऽ	**लेऽ**	**मीऽ**	**हर**	**वुनी**	**ऽऽ**	**मीऽ**	**हर**
	ध–	सां–	रें	सांमं	रेंरें	––	रें	सांमं
	वुनी	**ऽऽ**						**।।२।।**
	रेंरें	––						
		रेंनि	प	रेग				
			(पार्श्वसंगीत)					

♬ ♬ ♬ ♬

४

माळ्याच्या मळ्यामंदी कोण गं उभी

गायक : उषा मंगेशकर, जयवंत कुलकर्णी
संगीत : राम कदम, सिनेमा : सोंगाड्या

माळ्याच्या मळ्यामधी कोण गं उभी
राखण करते मी रावजी,
रावजी, हात नका लावू जी पाहिल कुणी तरी

औदांच गं वरीस बाई मी सोळाव गाठलं गं
चोळी दाटली अंगाला बाई कापड का फाटल गं
काळीज माझं धडधड करी
उडते पापणी वरचे वरी
रावजी हात नका लावू जी पाहिल कुणी तरी।।१।।

नारी गोमटी तू देखणी
ठुसका बांधा ठसला मनी
फुलराणी। जीव माझा साजणी गं जडला तुझ्यावरी
रावजी हात नका लावूजी पाहिल कुणी तरी।।२।।

माळ्याच्या मळ्यामधी कोण गं उभी
वांगी तोडते मी रावजी
रावजी हात नका लावू जी पाहिल कुणी तरी।।३।।

गोऱ्या गालावरी गं माझ्या
लाली लागली दिसू गं
अंघोळीला बसले, माझं मलाच येई हसूं गं
पिसाट वारं भरलं उरी पदर राहिना खांद्यावरी
रावजी हात नका लावूजी पाहिल कुणी तरी।।४।।

शुक्राची गं तू चांदणी
लाजू नको गं नाही कुनी
मंजुळा, जीव तुझ्यावर खुळा गं झाला खरोखरी।।५।।

♫ ♫ ♫ ♫

४

माळ्याच्या मळ्यामंदी कोण गं उभी

संगीत दिग्दर्शक: राम कदम

राग : मिश्र   ताल : जलद केरवा

	+		○		+		○	
पुरुष	**माळ्या**	**च्याऽ**	**मल्या**	**मंदी**	**कोण**	**गं**	**उभी**	**ऽऽ**
	पप	–ध	धध	धध	प–	धप	मरे	––
स्त्री	**राऽ**	**खण**	**करी**	**तेऽ**	**मीऽ**	**राऽ**	**वऽ**	**जीऽ**
	प–	पध	धध	ध–	प–	धप	म–	रे–
पार्श्वसंगीत	सा–	सारे	मप	धसां	मंरे	––	––	––
	मं रें	मं सां	रें ध	सां प	ध प	म रे	––	––
	सा–	सारे	म–	मप	पध	मप	ध–	––
	धप	मप	प–	प–	धप	म	प	ध
स्त्री	**राऽ**	**वऽऽ**	**जीऽ**	**ऽऽ**	**हाऽ**	**तन**	**काऽ**	**लाऽ**
	रेम	म–	प–	––	प–	पध	ध–	ध–
	वुजी	**ऽऽ**	**पाऽ**	**हिल**	**कुणी**	**ऽत**	**रीऽ**	**ऽऽ**
	पम	––	म–	प–	मम	–म	म–	रे–
	राऽ	**वऽ**	**जीऽ**	**ऽऽ**	**हाऽ**	**तन**	**काऽ**	**लाऽ**
	रे	मम–	प–	––	प–	पध	ध–	ध–
	वुजी	**ऽऽ**	**पाऽ**	**हिल**	**कुणी**	**ऽत**	**रीऽ**	**ऽऽ**
	पम	––	म–	प–	मम	–म	म–	––
	औ	**दां**	**चंऽ**	**गंऽ**	**वरी**	**–स**	**बाई**	**–मी**
	प–	ध–	ध–	ध–	पप	–ध	प–	–म
	सोऽ	**ळाऽ**	**वंऽ**	**गाऽ**	**ठलं**	**ऽऽ**	**गंऽ**	**ऽऽ**
	प–	ध–	प–	म–	मम	––	प–	––
पार्श्वसंगीत	पऽ	धऽ	पऽ	मऽ	मऽ	मऽ	प–	––
	चोऽ	**ळीदा**	**–ट**	**लीऽ**	**अंऽ**	**गाऽ**	**लाऽ**	**बाई**
	प–	पध	–ध	ध–	प–	ध–	प–	म–

	+		○		+		○	
	काऽ	पऽ	काऽ	फाऽ	ऽऽ	–लं	गंऽ	ऽऽ
	प–	ध–	प–	म–	म–	प–	––	
पार्श्वसंगीत	प–	ध–	प–	म–	म–	म–	प–	––
	काऽ	ळिज	माऽ	झंऽ	धड	धड	करी	ऽऽ
	प–	धध	ध–	ध–	मप	पध	मम	––
	उड	तेपा	ऽप	णीऽ	वर	चेऽ	वरी	ऽऽ
	प–	पध	–ध	ध–	पप	ध–	मम	–रे
	राऽ	वऽ	जीऽ	ऽऽ	हाऽ	तन	काऽ	लाऽ
	रेम	म–	प–	––	प–	पध	ध–	ध–
	वुजी	ऽऽ	पाऽ	हिल	कुणी	ऽत	रीऽ	ऽऽ
	पम	––	म–	पधप	मम	–म	म–	––
पुरुष	नाऽ	रऽ	गोऽ	मटी	तूऽ	देऽ	खणी	ऽऽ
	प	प	ध	धध	प	ध	मम	––
	ठुस	काऽ	बांऽ	धाऽ	ठस	लाऽ	मनी	ऽऽ
	प–	ध–	ध–	ध–	पप	ध–	मम	
	फुल	राऽ	णीऽ	ऽऽ	जीऽ	ऽव	माऽ	झाऽसाऽ
	रे रे	म–	धप	––	प–	–ध	ध	ध धनिध
	जणी	–गं	जड	लाऽ	तुझ्या	–व	रीऽ	ऽऽ
	पप	–म	मम	पम	मम	–म	–म	सा–
स्त्री	राऽ	वऽ	जीऽ	ऽऽ	हाऽ	तन	काऽ	लाऽ
	रेम	म–	प–	––	प–	पध	ध–	ध–
	वुजी	ऽऽ	पाऽ	हिल	कुणी	ऽत	रीऽ	ऽऽ
	पप	–म	म–	पम	मम	–म	म–	––
पुरुष	माळ्या	–च्या	मळ्या	मंदी	कोण	गं–	उभी	ऽऽ
	पप	–ध	धध	धध	प–	धप	मरे	––

	+		०		+		०	
स्त्री	वांऽ	ऽगी	तोऽ	डते	मीऽ	राऽ	वऽ	जीऽ
	प–	–प	ध–	धध	प–	धप	म–	म–
	राऽ	वऽ	जीऽ	ऽऽ	हाऽ	तन	काऽ	लाऽ
	रेम	म–	प–	––	प–	पध	ध–	ध–
	वुजी	ऽऽ	पाऽ	हिल	कुणी	ऽत	रीऽ	ऽऽ
	पप	–म	म–	पम	मम	–म	म–	––
स्त्री	गोऽ	न्याऽ	गाऽ	लाऽ	वऽ	रीगं	माऽ	झ्याऽ
	प–	ध–	ध–	ध–	प–	पध	प–	म–
	लाऽ	ली ला	गाऽ	लीऽ	दिसू	ऽऽ	देऽ	ऽऽ
	प–	पध	प–	म–	मम	–	प–	––
पार्श्वसंगीत	प–	ध–	प–	म–	म–	म–	प–	––
	आंऽ	घोऽ	ळीऽ	लाऽ	बसले	ऽऽ	माऽ	ऽझं
	प–	ध–	ध–	ध–	पप म	––	म–	–म
	मला	ऽच	येऽ	–ई	हंऽ	ऽसूं	गऽ	ऽऽ
	पप	–ध	प–	–म	म–	–म	प–	––
पार्श्वसंगीत	प–	ध–	प–	म–	म–	म–	प–	––
	पद	रराऽ	ऽहि	ऽना	खांऽ	द्याऽ	वऽ	रीऽ
	पप	पध	–ध	–ध	प–	धप	म–	म–
	पिसा	ऽट	वाऽ	रंऽ	भर	लऽ	उरी	ऽऽ
	पप	–ध	ध–	ध–	पप	धप	मम	–रे
	राऽ	वऽ	जीऽ	ऽऽ	हाऽ	तन	काऽ	लाऽ
	रेम	म–	प–	––	प–	पध	ध–	ध–
	वुजी	ऽऽ	पाऽ	हिल	कुणी	ऽत	रीऽ	ऽऽ
	पप	म–	म–	पम	मम	–म	म–	––
पुरुष	शुऽ	क्राऽ	चीऽ	गंऽ	तूऽ	चांऽ	दणी	ऽऽ
	प–	ध–	ध–	निध	प–	धप	मरे	––
	लाऽ	जुन	कोऽ	गंऽ	नाऽ	हीऽ	कुऽ	णीऽ
	प–	धध	ध	निध	प–	धप	म–	रे–

	+		○		+		○	
	मंऽ	जूऽ	ळाऽ	ऽऽ	जीऽ	वतू	झ्याऽ	वर
	रेम	म–	–प	––	प–	धध	ध–	निध
	खुळा	ऽगं	झाऽ	लाऽ	खरो	ऽख	रीऽ	ऽऽ
	पप	–म	म–	पम	गम	–म	म–	––

♫ ♫ ♫ ♫

५

फड सांभाळ (तुझ्या उसाला लागल कोल्हा)

गायिका : सुलोचना चव्हाण, कवी : ग. दि. माडगुळकर
संगीत : वसंत पवार, सिनेमा : मल्हारी मार्तंड

फड सांभाळ तुऱ्याला गं आला
तुझ्या उसाला लागल कोल्हा ।।धृ।।

मूळ जमीन काळ सोनं
त्यात नामंकित रूजलं बियाणं
तुझा ऊस वाढला जोमानं
घाटाघाटान उभारी धरली
पेरा पेरात साखर भरली
नाही वाढीच जागा उरली
रंग पानांचा हिरवा ओला
तुझ्या ऊसाला लागल कोल्हा।।१।।

लांब रूंद पिकला बिघा
याची कुठवर ठेवशिल निगा
याला कुंपण घालशील किती
जात चोरांची लई हिकमती
आपली आपण धरावी भीती
अर्ध्या रात्री घालतील घाला
तुझ्या ऊसाला लागल कोल्हा।।२।।

तुला पदरचं सांगत नाही
काल ऐकू आली कोल्हेकुई
साऱ्या रात्री राहील कोण जागं
नको बोलण्याचा धरूस राग
बघ चिखलात दिसतात मागं
कुणीतरी आला न गेला
तुझ्या ऊसाला लागल कोल्हा।।३।।

♫ ♫ ♫ ♫

५

फड सांभाळ (तुझ्या उसाला लागल कोल्हा)

आरोह : सा रे ग म प ध नि सां

राग : कलिंगडा, अवरोह : सां नि ध प म ग रे सा, ताल : जलद केरवा

	+		०		+		०	
ठेक्याशिवाय								
	फड	**सांभाळ**	**तुऱ्याला**	**ग आ**	**लाऽऽऽऽ**	**तुझ्या**	**ऊ साला ला गल**	
	ध ध	ध ध–	धपम	म म	पधप मग	सानि	सा गग	मगसारे
ठेका सुरू	**को**	**ल्हा**	**गऽ**	**तुझ्या**	**ऊसा**	**ऽला**	**लाऽ**	**गल**
	नि	सा	सारे	नि नि	रेग	–ग	मग	सारे
	को	**ल्हाऽऽ**	--	--	--	--	--	--
	नि	सारे सा						
	मूळ	**जमी**	**ऽन**	**का**	**ळऽ**	**सो**	**नं**	--
	मम	मम	–	म	म	पम	ग	ग
	त्यात	**नामां**	**कित**	**रूज**	**लंबि**	**या**	**णं**	--
	सारे	मम	मम	मम	पम	ग	ग	
	तुझा	**ऊस**	**वाढ**	**ला**	**जो**	**मा**	**नऽ**	**ऽऽ**
	गम	ध ध	पध	म	म	म	प धप	म ग
	घाटा	**घाट**	**न उ**	**भा**	**रीऽऽ**	**धर**	**ली**	--
	गग	गग	गग	रे	ग मग	रे सा	सा	--
	पेरा	**पेरा**	**ऽत**	**साऽ**	**खर**	**भर**	**ली**	--
	गप	रेग	–ग	ग रे	मग	रे सा	सा	--
	नाही	**वाढी**	**ऽ च**	**जा ऽ**	**गाऽऽ**	**उर**	**ली**	--
	सानि	निसा	– रे	सारे	ग मग	रे सा	सा	--
	रं ग	**पा ना**	**ऽ चा**	**हिर**	**वा**	**ओ**	**लाऽ**	**ऽऽ**
	ध ध	ध ध	– ध	प ध	म	म	प धप	म ग
	तुझ्या	**ऊ**	**साला**	**लाऽ**	**गल**	**को**	**ल्हा**	--
	सानि	सा	ग ग	म ग	सारे	नि	सा	।।१।।
	लांऽ	**ब**	**रूंद**	**पिक**	**लाऽ**	**बिघा**	--	
	म–	म	मम	गम	पम	गग		

+		○		+		○	
याचि	**कुठ**	**वर**	**ठेव**	**शिल**	**निगा**	--	
सारे	मम	मम	म	पम	गग		
याला	**कुं**	**पण**	**घाल**	**शिल**	**किती**	--	--
गग	ग	गग	गरे	मग	रेसा	--	--
जात	**पो**	**रांची**	**लई**	**हिक**	**मती**	--	--
गग	रे	गग	गरे	मग	रेसा	--	--
आपली	**आप**	**ण ध**	**रा**	**वीऽऽ**	**भीती**	--	**अर्ध्या**
सानि	साग	गग	रे	ग मग	रे सा		ध ध
रा	**त्री**	**घाल**	**तील**	**घा**	**लाऽ**	ऽऽ	--
ध	ध	पध	मम	म	प धप	मग	--
तुझ्या	**ऊ**	**साला**	**लाऽ**	**गल**	**को**	**ल्हा**	--
सानि	सा	गग	मग	सारे	नि़	सा	॥२॥
तुला	**पद**	**रचं**	**सां**	**गत**	**ना**	**ही**	--
मम	मम	–म	म	पम	ग	ग	--
काल	**ऐ**	**कू आ**	**ली**	**कोल्हे**	**कुई**	--	--
सारे	म	मम	म	पम	गग	--	--
साऱ्या	**रा**	**त्री रा**	**हिल**	**कोण**	**जा**	**ग**	--
गग	ग	गग	गरे	मग	रे	सा	--
नको	**बोल**	**ण्याचा**	**धरु**	**ऽस**	**राऽ**	**ग**	--
गग	रे–	गग	रे रे	मग	रेसा	सा	--
बघ	**चिख**	**लात**	**दिस**	**तात**	**माऽ**	**गं**	--
नि़सा	सारे	सारे	सारे	ग मग	रेसा	सा	--
कुणी	**तरी**	--	**आ**	**लाऽनऽ**	**गे**	**लाऽऽ**	**ऽऽ**
ध ध	ध ध		प	धप मम	म	प धम	मग
तुझ्या	**ऊ**	**साला**	**लाऽ**	**गल**	**को**	**ल्हा**	--
सानि़	सा	गग	मग	सारे	नि़	सा	॥३॥

६

दाजीबा हे वागणं बरं न्हवं

गायिका : उषा मंगेशकर, कवी : जगदीश खेबूडकर
संगीत : राम कदम, सिनेमा : पिंजरा

छबीदार छबी मी तोऱ्यात उभी
जशी चांदणी चमचम नभी
अहो दाजीबा गावात होईल शोभा
हे वागणं बरं न्हवं।।धृ।।

नवतीच रान हे भवतीनं
फिरत आले मी गमतीनं
बांधावरन चालू कशी
पाठलाग ह्यो टाळू कशी
अरं लाजमोड्या, भलत्याच करत्योस खोड्या
हे वागणं बरं न्हवं।।१।।

डौल दावते मोराचा
तिरपा डोळा चोराचा
ओढ्याच्या काठाला आडिवतो
अंगावर पानी उडीवतो
अरं बजरंगा नकोस घालू पिंगा
हे वागणं बरं न्हवं।।२।।

मिरचीचा तोडा मी करते रं
वट्यात ऐवज भरते रं
पदर माझा धरतोस कसा
भवतीनं माझ्या फिरतोस कसा
अरं बत्ताशा, कशाला पिळतोस मिशा
हे वागणं बरं न्हवं।।३।।

♫ ♫ ♫ ♫

दाजीबा हे वागणं बरं न्हवं

राग : मिश्र भूप, शुद्ध भूपचे, आरोह : सारे गप धसा
अवरोह : सांध पग रेसा, ताल : जलद केरवा

+		○		+		○	
छबी	**दार**	**छबी**	**ऽमी**	**तोऱ्या**	**ऽत**	**उभी**	**ऽऽ**
गग	गप	रेग	–ग	गग	–प	रेग	
जशी	**चां**	**ऽद**	**णीऽ**	**चम**	**चम**	**नभी**	**ऽऽ**
गप	–प	–प	धप	ग–	ग–	ग॒ग	––
ऽऽ	**ऽऽ**	**ऽऽ**	**अव**	**दाऽ**	**जीऽ**	**बाऽ**	**ऽऽ**
––	––	––	सासा	सा–	रे–	साध	––
गावा	**ऽत**	**होऽ**	**ईल**	**शोभा**	**ऽहे**	**वाग**	**ऽण**
ध̣ध̣	–ग	रे–	गरे	सासा	–ध̣	ध̣ग	–ग
बऽ	**रंन**	**व्हंऽ**	**ऽऽ**	**––**	**––**	**––**	**––**
रे–	गरे	सा–	––				
नव	**तीचं**	**रान**	**हेऽ**	**भव**	**तीऽऽऽ**	**ऽनं**	**ऽऽ**
ग–	गप	पप	प–	पध	पध निध	पग	––
फिरत	**ऽआ**	**लेऽ**	**मीऽ**	**गंम**	**तीऽऽऽ**	**ऽनं**	**ऽऽ**
गग	–प	प–	प–	पध	पध निध	पग	––
बांऽ	**धाऽ**	**वर**	**नंऽ**	**चालू**	**ऽक**	**शीऽ**	**––**
ग–	गप	गग	ग–	ग॒ग	–प	ग–	––
पाऽ	**ठला**	**ऽग**	**ह्योऽ**	**टाळू**	**ऽक**	**शीऽ**	**अरं**
ग॒–	गग	–ग	ग॒प	गग	–प	ग–	गसा
लाज	**मोऽ**	**ड्याऽ**	**ऽऽ**	**भल**	**त्याच**	**कर**	**त्योस**
सारे	रेगरे	सा–	ध̣–	ध̣–	ध̣ग	रे–	गरे
खोऽ	**ड्याहे**	**वाग**	**णंऽ**	**बरं**	**ऽन**	**व्हंऽ**	**।।१।।**
सा–	ध̣ध	ध̣–	ग–	रेग	–रे	सा–	––
डौऽ	**लऽ**	**दाऽ**	**वते**	**मोऽ**	**राऽ**	**चाऽ**	**ऽऽ**
ग–	ग–	प–	पप	प–	धध	पग	

	+		०		+		०	
	तिर	**पाऽ**	**डोऽ**	**ळाऽ**	**चोऽ**	**राऽ**	**चाऽ**	**ऽऽ**
	गग	प–	प–	प–	प–	ध–	पग	––
	ओढ्या	**ऽच्या**	**काठा**	**ऽला**	**आडी**	**ऽव**	**तोऽ**	**ऽऽ**
	गग	–प	गग	–प	गग	–प	ग–	––
	अंगा	**वर**	**पाऽ**	**नीऽ**	**उड**	**ऽवी**	**तो**	**अरं**
	ग ग	गप	ग–	ग–	गग	प	ग	गसा
	बज	**रेऽ**	**गाऽ**	**ऽऽ**	**नको**	**ऽस**	**घाऽ**	**लूऽ**
	सारे	रे–	साध	––	ध ध	–ग	गरे	रे–
	पिंगा	**ऽहे**	**वाग**	**णं**	**बरं**	**ऽन**	**व्हंऽ**	**ऽऽ**
	साध	–ध	धग	ग–	रेग	–रे	सा–	।।२।।
	मिर	**चीचा**	**तोडा**	**ऽमी**	**कर**	**तेऽ**	**रऽ**	**ऽऽ**
	ग–	गप	पप	–प	प–	ध–	पग	––
	वट्या	**ऽत**	**ऐऽ**	**वज**	**भर**	**तेऽ**	**रऽ**	**ऽऽ**
	गग	–प	प–	पप	प–	ध–	पग	––
	पद	**ऽर**	**माऽ**	**झाऽ**	**धरतो**	**सक**	**साऽ**	**ऽऽ**
	गग	–प	ग–	ग–	गग	–प	गग	
	भवती	**ऽनं**	**माऽ**	**झ्याऽ**	**फिरतो**	**सक**	**साऽ**	**अरे**
	गग	–प	ग–	ग–	गग	–प	गग	गसा
	बऽ	**त्ताऽ**	**शाऽ**	**––**	**कशा**	**ऽला**	**पिळ**	**तोस**
	सा	रेगरे	साध	––	ध ध	–ग	रे–	गरे
	मिऽ	**शा हे**	**वाग**	**णंऽ**	**बरं**	**ऽन**	**व्हंऽ**	**ऽऽ**
	सा–	साध	धध	ग–	रेग	–रे	सा–	––
अवं	**दाऽ**	**जीऽ**	**बाऽ**	**ऽऽ**	**गावा**	**ऽत**	**होऽ**	**ईल**
सासा	सां–	रे–	साध	––	धध	–ग	रे–	गरे
	शोभा	**ऽहे**	**वाग**	**ऽणं**	**बऽ**	**रंन**	**व्हंऽ**	**ऽऽ**
	सासा	–ध	धग	–ग	रे–	गरे	सा–	––

टीप : भूप रागाच्या स्वरलिपीत नसलेल्या कोमल ग चा उपयोग या गीतात केलेला दिसतो.

♫ ♫ ♫ ♫

७

मला लागली कुणाची उचकी

गायिका : उषा मंगेशकर, कवी : जगदीश खेबूडकर
संगीत : राम कदम, सिनेमा : पिंजरा

स्त्री
आली आली सुगी म्हणून चालले बिगी बिगी
गोष्ट नाही सांगण्याजोगी, कुणी गालावर मारली टिचकी
मला लागली कुणाची उचकी।।धृ।।

कोरस
कुणाची गं कुणाची! ह्याची का त्याची
लाजू नको, लाजू नको, लाजू नको
मला लागली कुणाची उचकी।।१।।

स्त्री
तरणीताठी नार शेलाटी चढले मी बांधावर
अटकर बांधा गोरा गोरा खांदा पदर वाऱ्यावर
फडामध चाहूल वाजल त्याच पाऊल
माझ्या उरात भरली धडकी मला लागली कुणाची उचकी।।२।।

निजले डाव्या कुशी हाताची उशी करून मी तशी
वाऱ्याच्या लाटा थंडीचा काटा मनात न्यारी खुशी
सपनात आला त्यानं छेडलं बाई मला
त्याची डोळ्याची नजर तिरकी। मला लागली कुणाची उचकी।।३।।

उठून सकाळी लै यरवाळी गेले पाणठ्यावरी
उन्हात बसले न्हात अंगाला पानी गुदगुल्या करी
पान्यामधं दिसलं त्याचं लागलं मला पीसं
त्यानं माझीच घेतली फिरकी। मला लागली कुणाची उचकी।।४।।

♫ ♫ ♫ ♫

७

मला लागली कुणाची उचकी

आरोह : सारे मप धसां

राग : दुर्गा, अवरोह : सांध पम रेधसा, ताल : जलद केरवा

	+		○		+		○	
	आली	**आली**	**सुगी**	**म्हणून**	**चालले**	**बिगी**	**बिगी**	**गोष्ट**
	सारे	रेम	मरे	रेसा	सारे	रेम	मरे	रेसा
	नाही	**सांगण्या**	**जोगी**	**गोष्ट**	**नाही**	**सांगण्या**	**जोगी**	**कुणी**
	सारे	रेम	मरे	रेसा	सारे	रेम	मरे	रेसा
	गाला	**वर**	**मार**	**ली**	**टिच**	**कीऽ**	**ऽम**	**लाऽ**
	सारे	रेम	मरे	रेसा	सारे़	रेध	–ध	ध–
	ऽऽ	**ऽला**	**गऽ**	**लीऽ**	**कुऽ**	**णाऽ**	**चीऽ**	**ऽऽ**
	––	–प	ध–	प–	म–	म–	पम	रे
	उऽ	**चऽ**	**कीऽ**	**ऽऽ**	**ओऽ**	**ऽऽ**	**मऽ**	**लाऽ**
	रे–	रे–	रे–	––	रेम	रेध	ध–	धप
	ऽऽ	**ऽला**	**गऽ**	**लीऽ**	**कुऽ**	**णाऽ**	**चीऽ**	**ऽऽ**
	––	–प	ध–	प–	म–	म–	पम	रे–
	उऽ	**चऽ**	**कीऽ**	**ऽऽ**	**कुणा**	**चीग**	**कुणा**	**चीऽ**
	म–	म–	म–	––	रेम	रेसा	रेम	रेम
	माऽ	**झीऽ**	**ऽऽ**	**काऽ**	**त्याऽ**	**चीऽ**	**ऽऽ**	**ऽऽ**
कोरस	सारे	रेम	––	म–	मप	परे	––	––
	लाजू	**नको**	**लाजू**	**नको**	**लाजू**	**नका**	**ऽम**	**लाऽ**
	मप	मरे	मप	मरे	मप	मरे	–ध	धप
	ऽऽ	**ऽला**	**गऽ**	**लीऽ**	**कुऽ**	**णाऽ**	**चीऽ**	**ऽऽ**
	––	–प	ध–	प–	म–	म–	पम	रे–
	उऽ	**चऽ**	**कीऽ**	**ऽऽ**	**––**	**––**	**––**	**––**
	म–	म–	म–	––	––	––	––	––॥१॥
	तर	**णीऽ**	**ताऽ**	**ठीऽ**	**नार**	**शेऽ**	**लाऽ**	**टीऽ**
	सांसां	सां–	सां–	रें–	सांसां	सां–	सा–	रें–
	चढ	**ले मी**	**बांऽ**	**धाऽ**	**वऽ**	**रऽ**	**––**	**––**
	सांसां	सांसां	सां–	रें–	सां–	ध	––	––

+		○		+		○	
अट	कर	बांऽ	धाऽ	गोरा	गोरा	खां	दाऽ
पप	पप	प–	ध–	पप	पप	प–	ध–
पद	ऽर	वाऽ	ऱ्याऽ	वऽ	रऽ	––	––
पप	प–	प–	ध–	प–	म–	––	––
फडा	मध	चाऽ	हुल	वाजलं	त्याचं	पाऊल	माझ्या
सारे	रेम	मरे	रेसा	सारे	रेम	मरे	रेसा
उरा	ऽत	भर	लीऽ	धड	कीऽ	ऽम	लाऽ
सारे	–म	रेरे	सा–	सारे	रेध	–ध	धप
––	लाऽ	गऽ	लीकु	णाऽ	ऽऽ	चीऽ	ऽऽ
	प–	ध–	पम	म–	––	प–	रे
उऽ	चऽ	कीऽ	ऽऽ	ओऽ	ऽऽ	मऽ	लाऽ
म–	म–	म–	––	सारे	सारे	सा–	ध–
ऽऽ	लाऽ	गऽ	लीऽ	कुऽ	णाऽ	ऽऽ	चीऽ
––	प–	ध–	प–	म–	म–	––	प–
ऽऽ	उऽ	चऽ	कीऽ	––	––	––	––
रे–	म–	म–	म–	––	––	––	––॥२॥

निज	लेऽ	डाऽ	व्याऽ	कुऽ	शीहा	ऽता	चीऽ
सां–	सां–	सां–	रें–	सां–	धध	–सां	रें–
उशी	ऽक	रून	मीऽ	तशी	ऽऽ	––	––
सांध	–सां	सांसां	रें–	सांध	––	––	––
वाऱ्या	ऽच्या	लाऽ	टाऽ	थंडी	ऽचा	काऽ	टाऽ
पप	–प	प–	ध–	पप	–प	प–	ध–
मना	ऽत	न्याऽ	रीऽ	खुशी	ऽऽ	––	––
पप	––प	प–	ध–	पम	––	––	––
सप	नात	आलं	त्यानं	छेडलं	बाई	मला	त्याची
सारे	रेम	मरे	रेसा	सारे	रेम	मरे	रेसा
डोळ्या	ऽची	नज	ऽर	तिर	कीऽ	ऽम	लाऽ
सारे	–म	रेसा	–सा	सारे	रेध	–ध	ध–
ऽऽ	ऽला	गऽ	लीऽ	कुऽ	णाऽ	चीऽ	ऽऽ
––	–प	ध–	प–	म–	म–	पम	रे–

+		○		+		○	
उऽ	चऽ	कीऽ	ऽऽ	ओऽ	ऽऽ	मऽ	लाऽ
म–	म–	म–	–	सारे	सारे	सा–	ध–
ऽऽ	लाऽ	गऽ	लीऽ	कुऽ	णाऽ	ऽऽ	चीऽ
––	प–	ध–	प–	म–	म–	––	प–
ऽऽ	उऽ	चऽ	कीऽ	––	––	––	––
रे–	म–	म–	म–	––	––	––	––।।३।।
उठू	–न	काऽ	ळीऽ	लैऽ	येर	वाऽ	ळी
सांसां	–सां	सां–	रें–	सां	सांसां	सां–	रें–।
गेले	ऽपा	णऽ	ठ्याऽ	वऽ	रीऽ	––	––
सांसां	–सां	सां–	रें–	सां–	ध–	––	––
उन्हा	–त	बस	–ले	न्हाऽ	ऽत	अंगा	ऽला
पप	–प	प–	–ध	प–	–प	पप	–ध
पाऽ	ऽनी	गुद	गुल्या	कऽ	रीऽ		
प–	प–	प–	पध	प–	म–		
पान्या	मधं	दिसलं	त्याचं	लागलं	मला	पीसं	त्यानं
सारे	रेम	मरे	रेसा	सारे	रेम	मरे	रेसा
माझी	–च	घेत	लीऽ	फिर	कीऽ	–म	लाऽ
सारे	–म	रेरे	सा–	सारे	रेध	–ध	ध–
ऽऽ	ऽला	गऽ	लीऽ	कुऽ	णाऽ	चीऽ	ऽऽ
––	प–	ध–	प–	म–	म–	पम	रे–
उऽ	चऽ	कीऽ	ऽऽ	ओऽ	ऽऽ	मऽ	लाऽऽ
रे–	रे–	रे–	––	रेम	रेध	ध–	ध–
ऽऽ	लाऽ	गऽ	लीऽ	कुऽ	णाऽ	ऽऽ	चीऽऽ
––	प–	ध–	प–	म–	म–	पम	रे–
ऽऽ	उऽ	चऽ	कीऽ				
––	म–	म–	म–				।।४।।

८

रेशमाच्या रेघांनी

गायिका : आशा भोसले, गीतकार : शांता शेळके
संगीत : आनंदघन, सिनेमा : मराठा तितुका मेळवावा

रेशमाच्या रेघांनी लाल काळ्या धाग्यांनी
कर्नाटकी कशिदा मी काढिला हात नका लावू माझ्या साडीला।।धृ।।

नवी कोरी साडी लाखमोलाची
भरली मी नक्षी फुलयेलाची येलाची बाई येलाची
गुंफियेलं राघू मोर, राघू मोरं जोडीला।।१।।

जात होते वाटेनं मी तोऱ्यात मी तोऱ्यात
अवचित आला माझ्या होऱ्यात जी होऱ्यात
तुम्ही माझ्या पदराचा शेव काहो ओढीला।।२।।

भीड काही ठेवा आल्या गेल्याची
मुरवत राखा दहा डोळ्यांची डोळ्यांची, बाई डोळ्यांची
काय म्हनू बाई बाई तुमच्या या खोडीला।।३।।

♫ ♫ ♫ ♫

८

रेशमाच्या रेघांनी

राग : मिश्र,

ताल : जलद केरवा

	+		○		+		○	
	रेशमाच्या	**रेघांनी**	**लाल**	**काळ्या**	**धाग्यांनी**	**कर्नाटकी**	**कशिदा**	**मी**
	मपधध	धनिधप	मप	धध	धनिधप	गग गग	मम	पप
ठेका	**काऽ**	**ऽऽ**	**ढी**	**ऽऽ**	**लाऽ**	**ऽऽ**	**ऽऽ**	**ऽऽ**
सुरू	ध–	निध	प–	धप	प–	––	मप	धप
	ऽऽ	**हात**	**नऽ**	**काऽ**	**लाऽ**	**ऊऽ**	**माऽ**	**झ्याऽ**
	––	गग	ग–	ग–	म–	म–	प–	प–
	साऽ	**ऽऽ**	**डीऽ**	**ऽऽ**	**लाऽ**	**ऽऽ**	**ऽऽ**	**ऽऽ**
	ध–	निध	प–	धप	म–	––	––	––
पार्श्व संगीत	मप	ध–	––	पध निध	मपधप	गमपम	गगगग	म–
सामप	ध–	––	धसां	धम	पम	––	––	सा मप
	ध–	––	धसां	धम	धनि	–रें	मं	धनि
	सांनि	सांरे	निसां	निध	धनि	सारें	निसां	निध
	मप	धनि	धम	परे	रेग	मप	मग	–सा
	रेसा	ध़–	ध़सा	रेम	पध	निसां	––	––
	नवी	**कोरी**	**साडी**	**लाख**	**मोला**	**ऽची**	––	––
	सांसां	सांसां	सांसां	सांसां	सांरे	सां–	––	––
	भर	**लीमी**	**नक्षी**	**फुल**	**येला**	**ऽची**	**येला**	**चीमी**
	सांध	धध	धध	धध	धनि	धप	धनि	धप
	येला	**ची**	––	––	**गुंफि**	**यले**	**राघू**	**मोर**
	सांध	पम			मप	धध	धध	प–
	राघु	**मोर**	**जोडी**	**लाऽ**	**हात**	**नगा**	**लावू**	**माझ्या**
	मप	धध	धध	प–	गग	गग	मम	पप
	साऽ	**डीऽ**	**लाऽ**	**ऽऽऽऽ**	**हात**	**नगा**	**लावू**	**माझ्या**
	ध–	प–	प–	मपधप	गग	गग	मम	पप

+		○		+		○	
साऽ	डीऽ	लाऽ	ऽऽ				
ध पधनिध	पमपधप	म–	––				।।१।।
जाऽत	होऽते	वाटे	नंमी	तोऱ्या	तमी	तोऱ्या	ऽत
धनिध	पधप	मप	मरे	सारे	साध	पध	पम
अव	चित	आला	माझ्या	होऱ्या	तजी	होऱ्या	ऽत
धनि	सांरें	सांनि	धप	पध	पनि	धप	धपम
––	––	तुम्ही	माझ्या	पदरा	चाऽ	शेव	काहो
––	––	मप	धध	धनिध	पम	मप	धध
ओढीऽ	लाऽ	हात	नगा	लावू	माझ्या	साऽ	डीऽ
धनिध	प–	गग	गग	मम	पप	ध–	प–
लाऽ	ऽऽऽऽ	हात	नका	लावू	माझ्या	साऽऽऽऽ	डीऽऽऽऽ
प–	मपधप	गग	गग	मम	पप	धपधनिध	प मपधप
लाऽ	ऽऽ						
म–	––						।।२।।
भीड	काही	ठेवा	आल्या	गेल्यां	चीऽ	मुर	वत
सांसां	सांसां	सांसां	सांसां	सांरें	सां–	धध	धध
राखा	दहा	डोळ्यांऽ	ची	डोळ्यांऽ	चीबाई	डोळ्या	चीऽऽ
धध	धध	धनिध	प–	धनिध	प पसां	धप	धपम
काय	म्हनू	बाईऽ	बाईऽ	तुम	च्याह्या	खोडीऽ	लाऽ
मप	धध	धनिध	पपसां	मप	धध	धनिध	प–
हात	नगा	लावू	माझ्या	साऽऽऽ	डीऽ	लाऽ	ऽऽऽऽ
गग	गग	मम	पप	धनिध	प–	प–	मपधप
हात	नगा	लावू	माझ्या	साऽऽ	डीऽ	लाऽ	ऽऽऽऽ
गग	गग	मम	पप	धनिध	पधप	म–	––।३।।

१

विठू माऊली तू माऊली जगाची

गायक : सुधीर फडके, सुरेश वाडकर व जयवंत कुलकर्णी
कवी : जगदीश खेबूडकर, संगीत : अनिल अरुण
सिनेमा : अरे ! संसार संसार

विठू माऊली तू माऊली जगाची
माऊलीच मूर्ती विठ्ठलाची
विठ्ठला!! माय बापा।।धृ।।

काय तुझी माया सांगू श्रीरंगा
संसाराची पंढरी तू दिली पांडुरंगा
डोळ्यातून वाहे माय चंद्रभागा
अमृताची गोडी आज आली ह्या अभंगा
अभंगाला जोड टाळ चिपळ्यांची
माऊलीच मूर्ती विठ्ठलाची।।१।।

लेकरांची सेवा केलीस तू आई
कसं पांग फेडू कसं होऊ उतराई
तुझ्या उपचारा जगी तोड नाही
ओवाळीन जीव माझा सावळे विठाई
जन्मभरी पूजा तुझ्या पाऊलांची
माऊलीच मूर्ती विठ्ठलाची।।२।।

पांडूरंग पांडूरंग विठू माऊली तू

१

विठू माऊली तू माऊली जगाची

आरोह : सागमप गमपधनि धप मग म

राग : झिंझोटी, अवरोह : गरेसा गरे सानिंधंपंधंसा, ताल : भजनी

+		०		+		०	
पार्श्वसंगीत							
गम पनि	मपनि	सा–	––	निसां–	नि प	म–	प ग
गम पनि मप	सांरेंसां	नि –	– धप	नि ध	म ग	म–	––
विठू	**माऊ**	**लीऽ**	**तूऽ**	**माऊ**	**लीज**	**गाऽ**	**चीऽ**
ग ग	ग ग	म–	म–	ग म	ग सा	नि़	नि़
माऊ	**लीच**	**मूर्ती**	**विठ्ठ**	**लाऽ**	**चीऽ**	**ऽऽ**	**ऽऽ**
नि़ सा	ग सा	ग ग	म प	म–	म–	––	––
विठ्ठ	**ला ऽ**	**ऽऽ**	**ऽऽ**	**ऽऽ**	**ऽऽ**	**माऽऽऽऽय**	**बा पाऽऽ**
ध ध	नि–	––	––	––	धप	पधसांनिधप म मपग।।धृ।।	
काय	**तुझी**	**माऽ**	**याऽऽऽ**	**सांगू**	**श्रीऽ**	**रंऽ**	**गाऽ**
ग ग	मध	प–	धप मप	गग	मध	प–	म–
संसा	**राची**	**पंढ**	**री तू**	**दिली**	**पांडू**	**रंऽ**	**गाऽऽऽ**
नि सां	नि प	ग म	प नि	नि नि	सां रें	सां–	सांनिरेंसां
डोळ्या	**तून**	**वाऽ**	**हेऽ**	**माय**	**चंद्र**	**भाऽ**	**गाऽ**
ग ग	म ध	प–	प–	ग ग	मध	प–	मम
अमृ	**ताची**	**गोडी**	**आऽज**	**आली**	**या अ**	**भंगा**	**ऽऽ**
नि सां	नि प	ग ग	म प प	नि नि	सां रें	सां सां	––
विठ्ठ	**लाऽ**	**ऽऽ**	**ऽऽ**	**ऽऽ**	**ऽऽ**	**पांऽऽऽऽडुरं गाऽऽ**	
धध	नि–	––	––	––	ध प	पध सांनिधप म मपग	
अभं	**गाला**	**जोऽ**	**डऽ**	**टाळ**	**चिप**	**ळ्यांऽ**	**चीऽ**
ग ग	ग ग	म–	म–	ग म	ग सा	नि़–	नि़–
माऊ	**लीच**	**मूर्ति**	**विठ्ठ**	**लाऽ**	**चीऽ**	**ऽऽ**	**ऽऽ**
नि़ सा	ग सा	ग ग	म प	म–	म–	––	––
विठ्ठ	**लाऽ**	**ऽऽ**	**ऽऽ**	**ऽऽ**	**ऽऽ**	**माऽऽऽऽय**	**बाऽऽपा**
ध ध	नि –	––	––	––	ध प	पध सांनिधप म मपग।।१।।	

+		○		+		○	
लेक	**राची**	**सेऽ**	**वाऽ**	**केली**	**स तू**	**आऽ**	**ईऽ**
ग ग	म ध	प–	प–	ग ग	म ध	प–	म म
ऽऽ	**ऽऽ**	**आऽ**	**ऽऽ**	**ऽऽ**	**ऽऽ**	**ऽऽ**	**ऽऽ**
म–	––	गम	पनि	सां	नि प	ग प	म ग
ऽऽ	**ऽऽ**	**ऽऽ**	**ऽऽ**	**ऽऽ**	**ऽऽ**	**ऽऽ**	**ऽऽ**
गऽ	गऽ	गम	गप	––	––	––	––
ऽऽ	**ऽऽ**	**ऽऽ**	**ऽऽ**	**ऽऽ**	**ऽऽ**	**ऽऽ**	**ऽऽ**
गप धसां	धनि धप	धप म–	गम ध	पध प	मप ध	मप ध	मग
लेक	**रांची**	**सेऽ**	**वाऽ**	**केली**	**स तू**	**आऽ**	**ईऽ**
ग ग	म ध	प–	प–	ग ग	म ध	प–	म म
कसा	**पांग**	**फेडू**	**कस**	**होऊ**	**उत**	**राऽ**	**ईऽ**
नि सां	नि प	म ग	म प	नि नि	सां रें	सां–	सां–
तुझ्या	**उप**	**चाऽ**	**राऽ**	**जगी**	**तोड**	**नाऽ**	**ही**
ग ग	म ध	प–	प–	ग ग	म ध	प–	म–
ओवा	**ळीन**	**जीव**	**माऽझा**	**साव**	**ळे वि**	**ठाऽ**	**ईऽ**
निसां	निप	ग ग	म पप	नि नि	सां रें	सां–	सां
जन्म	**भर**	**पूऽ**	**जाऽ**	**तुझ्या**	**पाऊ**	**लाऽ**	**चीऽ**
गग	गग	म–	म–	गम	ग सा	नि़	नि़
माऊ	**लीच**	**मूर्ति**	**विठ्ठ**	**लाऽ**	**चीऽ**	**ऽऽ**	**ऽऽ**
नि सा	गसा	गग	मप	म–	म–	––	–– ।।१।।
पांडु	**रंग**	**पांडु**	**रंग**	**विठू**	**माऊ**	**लीऽ**	**तूऽ**
गग	गग	मम	मम	धध	पम	म–	म–
पांडु	**रंग**	**पांडु**	**रंग**	**विठू**	**माऊ**	**लीऽ**	**तूऽ**
गग	गग	मम	मम	गग	मध	पम	म–
पांडु	**रंग**	**पांडु**	**रंग**	**विठु**	**माऊ**	**लीऽ**	**तूऽ**
नि नि	नि नि	ध ध	प प	ग ग	म ध	प ग	म –

१०

विठ्ठला तू वेडा कुंभार

गायक : सुधीर फडके, कवी : ग. दि. माडगूळकर
संगीत : सुधीर फडके, सिनेमा : प्रपंच

फिरत्या चाकावरती देशी मातीला आकार
विठ्ठला तू वेडा कुंभार।।धृ।।

माती पाणी उजेड वारा
तूच मिसळशी सर्व पसारा
आभाळच मग ये आकारा
तुझ्या घटाच्या उतरंडीला नसे अंत ना पार।।१।।

घटाघटाचे रूप आगळे
प्रत्येकाचे दैवं वेगळे
तुझ्याविना ते कोणा नकळे
मुख कुणाच्या पडते लोणी कुणा मुखी अंगार।।२।।

तूच घडविसी तूच फोडिसी
कुरवाळसी तू तूच ताडिसी
न कळे यातून काय जोडीसी
देसी डोळे परि निर्मिसी तया पुढे अंधार।।३।।

♫ ♫ ♫ ♫

१०

विठ्ठला तू वेडा कुंभार

राग : मिश्र,

ताल : भजनी

+				○			
ऽऽ	फिरत्या	चा	काऽ	वर	तीऽ	दे	सी
--	गमप	प	पध पध	धनि	सांनिसां	निधनि	धपध
माऽ	तीऽ	लाऽ	आऽ	का	ऽर	विठ्ठ	लाऽ
ध सां	नि सां	निधनि	धपध	प	–प	गम	पध पध
तूऽ	वेऽ	डाऽऽऽ	कुंऽ	भा	ऽर	विठ्ठ	लाऽ
धसांनि	निध	पध पधप	मग	म	–म	साग	म धप
तू–	वेऽ	डाऽऽऽऽ	कुंऽ	भा	ऽ	ऽ	र
धसांनि	निध	पध पधप	मग	म	–म	–	म
माऽ	तीऽ	पा	णी	उजे	ऽड	वाऽ	रा
साग	मध	प	प	साग	मध	पधप	प
तूऽ	चमि	सळ	सी ऽऽ	सऽ	र्व प	सा	रा
धसां	निसां	निसांरेंसा	निधनि	धप	ग म	प	प
आऽ	भाऽऽ	ळच	मग	येऽ	आऽ	काऽऽऽ	रा
पनि	सा गरें	सांसां	नि नि	धनि	पध	पध निसां	सां
तुझ्या	ऽघ	टा	ऽच्या	उत	रंऽ	डीऽ	लाऽ
निसां	–नि	सां	–सां	निसां	नि रेंसां	निध सांनि	धप धप
नसे	अं ऽ	त	नाऽ	पाऽ	ऽऽ	ऽऽ	ऽऽ
ध निधनि	–पध	प	गम	पध	निसां	निसां	पध
ऽऽ	ऽऽ	र ऽ	तूऽ	वेऽ	डाऽऽऽऽ	कुंऽ	भा ऽ र
पसां	निध	पध	धसांनि	निध	पध पधम	मग	म–
विठ्ठ	लाऽ	तूऽ	वेऽ	डाऽऽऽऽ	कुंऽ	भा	ऽर
साग	म धप	धसांनि	निध	पध पधप	मग	म	–म।।१।।
घटा	ऽघ	टा	चे	रूऽ	प आ	ऽ ग	ळे
साग	मध	प	प	साग	मध	पप	प

+				○			
प्र	**त्ये**	**काऽऽऽ**	**चे**	**दैऽऽ**	**वं वे**	**ऽ ग**	**ळे**
पसां	निसां	धसांरेसां	निधनि	पधप	ग म	प प	प
तुझ्या	**ऽवि**	**नाऽऽऽ**	**ते**	**कोऽ**	**णाऽ**	**नक**	**ळे**
पनि	सांगंरें	सांनिरेंसां	नि	धनि	पध	निसां	सां
मुखी	**ऽकु**	**णा**	**च्या**	**पड**	**तेऽऽ**	**लोऽऽऽ**	**णीऽ**
निसां	–नि	सां	सां	निसां	निरेंसां	निधसांनि	धप धप
कुणाऽऽ	**मु**	**खीऽऽ**	**अंऽ**	**गाऽ**	**ऽऽ**	**ऽऽ**	**ऽऽ**
ध निधनि	ध	प धप	गम	पध	निसां	निसां	पध
ऽऽ	**ऽऽ**	**रऽ**	**तूऽ**	**वेऽ**	**डाऽऽऽऽ**	**कुंऽ**	**भार**
पसां	निध	पध	ध सांनि	निध	पध पधप	मग	म–।।२।।
तूऽ	**च घ**	**डवि**	**सीऽ**	**तूऽ**	**च फो**	**डी**	**सी**
धनि	धप	गप	पध पध	धसांनि	धप ग	म	प
कुर	**वाऽ**	**ळिसी**	**तूऽऽऽऽऽ**	**तूऽ**	**च ता**	**डि**	**सी**
धनि	प धप	गम	पसांनिरेसांनि	निध	प ग	म	प
नक	**ळेऽ**	**याऽऽऽ**	**तून**	**काऽ**	**यजोऽऽ**	**डि**	**सी**
पनि	सांरें	सांनिंरेसां	नि नि	धनि	प पधनिसां	सां	सां
दे	**सी**	**डोऽ**	**ळे**	**परी**	**निऽऽऽ**	**र्मि**	**सीऽऽऽऽ**
सां	सां	निसां	सां	निसां	रेंसांनिध	नि	धप धप
त	**याऽऽपु**	**ढेऽऽ**	**अंऽ**	**धाऽ**	**ऽऽ**	**ऽऽ**	**ऽऽ**
ध	निधनि ध	पधप	गम	पध	निसां	निसां	पध
ऽऽ	**ऽऽ**	**रऽ**	**तूऽ**	**वेऽ**	**डाऽऽऽऽ**	**कुंऽ**	**भा र**
पसां	निध	पध	धसांनि	निध	पध पधप	मग	म–।।३।।

११

फिटे अंधाराचे जाळे

गायक : सुधीर फडके व आशा भोसले, कवी : सुधीर मोघे
संगीत : श्रीधर फडके, सिनेमा : लक्ष्मीची पाऊले

फिटे अंधाराचे जाळे झाले मोकळे आकाश
दरी खोऱ्यातून वाहे एक प्रकाश प्रकाश।।धृ।।

रान जागे झाले सारे पायवाटा जाग्या झाल्या
सूर्य जन्मता डोंगरी संग जागल्या सावल्या
एक अनोखे लावण्य आले भरास भरास।।१।।

दंव पिऊन नवेली झाली गवताची पाती
गाणी जुनीच नव्याने आली पाखरांच्या ओठी
क्षणापूर्वीचे पालटे जग उदास उदास।।२।।

झाला आजचा प्रकाश जुना कालचा काळोख
चांदण्याला किरणांचा सोनसळी अभिषेक
सारे रोजचे तरीही नवा सुवास सुवास।।३।।

♫ ♫ ♫ ♫

११

फिटे अंधाराचे जाळे

राग : मिश्र,

ताल : जलद केरवा

+ ० + ०

पार्श्वसंगीत

ठेक्या शिवाय

मध पम ग - ---- ।ग प म ग ग - ----

पम ग रे रे ---- - -।

रें ग म प ध नि सां रे गं - ---- रें -- ---

रें - -- --सां --- --

ठेक्या शिवाय

पुरुष	**फिटे अंधारा**	**चे ऽऽ जाळे ऽ ऽ ऽ ऽ ऽ**	**झाले मोकळे**	**आ का श ऽ ऽ ऽ**
	सा रे ग म म	म प म ग ग----	ध नि नि सासा	सा सा सा ---
स्त्री	**फिटे अंधाराचेऽ**	**जाळे ऽऽ**	**ऽऽ ऽऽ**	**ऽऽ झाले**
	सा रें ग म म पम	ग ग --	-- --	-- ध नि
	मो क ळे आ	**का श**	**ऽऽ ऽऽ**	**ऽऽ ऽऽ दरी**
	नि सा सा सा	सा सा	-- --	-- --मप
पुरुष	**खोऱ्या तून**	**वाहे ऽऽ**	**ऽऽ ऽऽ**	**ऽऽ एक**
	पध धध	धसां --	सांरे सां सांरे सां	सांरें सां ध ध ध
	प्र का श प्र	**काश ऽऽ**	**ऽऽ ऽऽ**	**ऽऽ फिटे**
	पध पम	म म --	-- --	-- सा रे
स्त्री	**अंधा राचेऽ**	**जाळे ऽऽ**	**ऽऽ ऽऽ**	**ऽऽ झाले**
	गम म पम	ग ग --	-- --	-- ध नि
	मो क ळे आ	**का श ऽ ऽ**		
	नि सा सा सा	सा सा --	-- --	-- --
				।।धृ।।
स्त्री/	पु.			
रान	**जागे झाले**	**सारे ऽऽ**	**ओऽ ओऽ**	**ओऽऽऽऽ --**
सांध	ध ध प म म	म म --	सां नि-	ध निध पध --
पाय	**वाटा जाग्या**	**झाल्याऽ ऽऽ**	**ऽऽ ऽऽ**	**ऽऽ**
मसा	साम पध	म पधप ध-	नि- सां रें सां ध	-

	+		०		+		०	
रान	**जागे**	**झाले**	**सारे**	**पाय**	**वाटा**	**जाग्या**	**झाल्याऽ ऽऽ**	
सांध	ध धप	मम	मम	मसा	साम	पध	म पधप	--
सूर्य	**जन्म**	**ताडों**	**गरी**	**ऽऽ**	**ऽऽ**	**ऽऽ**	**ऽऽ**	**--**
मम	गम	गम	गुरे					
संग	**जागऽ**	**ल्यासा**	**वल्या**	**ओऽ**	**ओऽ**	**ओऽ**	**ओऽ**	**--**
गुरे	नि़ सारे	सासा	सासा	म-	गसा	म-	गसा	--
एक	**अनो**	**खेला**	**वण्य**	**ऽऽ**	**ऽऽ**	**ऽऽ**	**ऽऽ**	**--**
मप	पध	धध	धसां	--	सांरें सां	सांरें सां	सांरें सां	
आले	**भरा**	**सऽभ**	**रास**	**ऽऽ**	**ऽऽ**	**ऽऽ**	**ऽऽ**	**--**
धध	पध	मप म	मम	--	धप	मगु	रेगु रे-	--
							(वाद्यावर)।।१।।	
स्त्री								
दंव	**पिऊ**	**न न**	**वेऽऽली**	**ऽऽ**	**ऽऽ**	**ऽऽ**	**ऽऽ**	**--**
मप	पध	धध	निसांनि ध	--	--	--	--	--
झाली	**गव**	**ताची**	**पाती**	**ऽऽ**	**ऽऽ**	**ऽऽ**	**ऽऽ**	
धप	गप	गध	धप	--	पध	सां धासांध	पग	
पुरुष								
दंव	**पिऊ**	**न न**	**वेऽऽली**	**झाली**	**गव**	**ताची**	**पाऽती**	**--**
मप	पध	धध	निसांनि ध	धप	गप	गधु	धु प प	--
स्त्री								
गाणी	**जुनी**	**चऽऽन**	**व्यानेऽ**	**ऽऽ**	**ऽऽ**	**ऽऽ**	**ऽऽ**	**--**
पप	धुसांधुसांधुसांधु		प पग	--	--	ग -	म	
आली	**पाख**	**रांच्याऽ**	**ओठी**	**ओऽ**	**ओऽ**	**ओऽ**	**ओऽ**	
मग	रेग	रे गरे	सासा	रे-	गसा	रे-	गसा	
पुरुष								
क्षणा	**पूर्वी**	**चे पा**	**लटे**	**ऽऽ**	**ऽऽ**	**ऽऽ**	**ऽऽ**	**ऽऽ**
मप	पध	धध	धसां	--	सांरेंसां	सांरेंसां	सांरेंसां	ध-
जग	**उदा**	**सउ**	**दास**	**--**	**ऽऽ**	**ऽऽ**	**ऽऽ**	**--**
धध	पध	पम	मम	--	धुप	मग	रेगु रे-	--

	+			○		+		○
स्त्री								
फिटे	**अंधा**	**राऽऽऽ**	**ऽऽच**	**जाळे**	--	--	--	--
सारे	गम	धप मग	रेग रे	नि नि	--	--	--	
झाले	**मोक**	**ळे आ**	**काऽऽश**	--	--	--	--	
ध नि	निसा	सा सा	रे गरे सा	--	--	--	--	
स्त्री								
झाला	**आज**	**चा प्रऽ**	**काश**	ऽऽ	ऽऽ	ऽऽ	ऽऽ	
गम	मप	प पसां	निध	--	--	--	--	
जुनाऽऽ	**काल**	**चा का**	**ळोख**	ऽऽ	ऽऽऽ ऽऽ	ऽऽऽ ऽऽ	ऽऽ	---
ध निधप	पध	म ध	पप	--	धनिध पम	पधप मग	मं सा	--
पुरुष								
	चांद	**ण्याला**	**किर**	**णांचा**	ऽऽ	ऽऽ	ऽऽ	--
	रें सां	धम	रे नि	सारे	--	--	--	--
	सोन	**सळी**	**अभिऽ**	**षेक**	**ऽऽऽऽचांद**	**ण्यास**	**किर**	**णांचा**
	रेग	मप	ध मप	मम	धसांधसां	सांध मरे	रे नि	सा रे
	सोन	**सळी**	**अभिऽ**	**षेक**	ऽऽ	ऽऽ	ऽऽ	--
	रेग	मप	ध मप	मम	--	--	--	
स्त्री								
सारे	**रोज**	**चेऽ त**	**रीही**	ऽऽ	ऽऽ	ऽऽ	ऽऽ	
धसां	धसां	धरें सां	ध ध	--	ध–	–सां	धसां	ध
पुरुष								
सारे	**रोज**	**चेऽत**	**री ही**	ऽऽ	ऽऽ	ऽऽ	ऽऽ	
मप	पध	धध	धसां	--	--	--	--	
नवा	**सुवा**	**स सु**	**वास**	ऽऽ	ऽऽ	ऽऽ	ऽऽ	ऽऽ
धध	पध	प म	मम	--	ध प	मग रे ग	रे–	
फिटे	**अंधा**	**राऽऽऽ**	**ऽऽच**	**जाळे**	ऽऽ	ऽऽ	ऽऽ	
सारे	गम	धप मग	रे ग रे	नि नि				
झाले	**मोक**	**ळे आ**	**काऽ श**					
ध नि	नि सा	सा सा	रेगरे	सा	।।३।।			

टीप : समेच्या आधी उचललेले शब्द व त्याचे स्वर समासात दाखविले आहेत.

१२

दिस जातील दिस येतील

गायक : सुरेश वाडकर व आशा भोसले, कवी : सुधीर मोघे
संगीत : श्रीधर फडके, सिनेमा : शापित

तुझ्या माझ्या संसाराला आनी काय हवं
तुझ्या माझ्या लेकराला घरकुल नवं
नव्या घरामंधी काय नवीन घडलं
घरकुला संग संग येगळ होईल
दिस जातील दिस येतील भोग सरेल सुख येईल।।धृ।।

अवकळा समदी जाईल निघुनी
तरारलं बीज तुझ्य माझ्या कुशीतुनी
मिळल का त्याला ऊन वारा पानी
राहील का सुकल ते तुझ्या माझ्यावानी
रोप आपुलच पर होईल येगळं
दैवा संग झुंजायच देऊ त्याला बळ।।१।।

ढगावानी बरसल त्यो वाऱ्यावानी हसवल त्यो
फुलावानी सुखवील काट्यालाबी खेळवील
समद्या दुनियेचं मन रिझवील त्यो
असल तो कुणावानी कसा ग दिसल
तुझ्या माझ्या जीवाचा तो आरसा असल।।२।।

उडूनिया जाईल ही आंसवाची रास
आपुल्याच साठी उद्या फुटल पहाट
पहाटच्या दवावानी तान्हं तुझं माझं
सोसल ग कस त्याला जीवापाड ओझ
इवल्याशा पनतीचा इवलासा जीव
त्योच घेई परी साऱ्या अंधाराचा ठाव।।३।।

♫ ♫ ♫ ♫

१२

दिस जातील दिस येतील

राग : मिश्र,

ताल : जलद केरवा

	+		○		+		○	
पार्श्व संगीत	गंरे	सांनि	रेंसां	निध	सांनि	धप	मंगरेंसां	निधपम
	ग–	––	––	––	गपगरे	गपगरे	गपगरे	गपगरे
	गपनिध	गपनिध	गपनिध	गपनिध	मधसांध	मधसांध	पनिरेंनि	पनिरेंनि
	गरेंसांनि	रेंसांनिध	सांनिधप	निधपम	ग–	––	––	––
	प	रें	नि–	––	ध–	निसां	ध–	––
	निध	गम	रे	ग	निध	पम	ग–	––
पुरुष	**तुझ्या**	**माझ्या**	**संसा**	**राला**	**आनी**	**काय**	**हवं**	ऽऽ
	गम	गम	गम	गम	गम	गरे	गप	––
स्त्री	**तुझ्या**	**माझ्या**	**लेक**	**राला**	**घर**	**कुल**	**नवं**	––
	ग मप	मरे	ग मप	मरे	ग मप	मरे	रेग	––
पुरुष	**नव्या**	**घरा**	**मंधी**	**काय**	**नवी**	**नघ**	**डलं**	ऽऽ
	गसां	निध	ध ध	धध	गसां	निध	ध ध	––
स्त्री	**घर**	**कुला**	**संग**	**संग**	**येग**	**ळ्हो**	**इल**	ऽऽ
	प धनि	प धनि	प धनि	धप	ग मप	गम	रेग	––
दिस	**जाऽ**	**तील**	ऽ	**दिस**	**येऽ**	**तील**	ऽऽ	ऽऽ
गग	ग–	मप प	––	मप	म–	रेरे	––	––
भोग	**सरे**	**ऽल**	ऽ	**सुख**	**येऽ**	**इल**	ऽऽ	ऽऽ
रेरे	रेग	–ग	––	निध	प धप	मग	––	––
	अव	**कळा**	**सम्दी**	ऽऽ	**जाई**	**लनि**	**घुनी**	ऽऽ
	गनि	निनि	नि सांरें	सां निध	धध	धध	ध निसां	नि धप
	तरा	**रल**	**बीज**	**तुझ्या**	**माझ्या**	**कुशी**	**तुनी**	ऽऽ
	पप	पप	धसां निंध	पप	ध पम	गग	गम	ध–
	ऽऽ	ऽऽ	ऽऽ	ऽऽ	ऽऽ	ऽऽ	ऽऽ	ऽऽ
	पम	गम	ध–	पम ग	ध–	पम रे	ग मप	ग–

	+		○		+		○	
पुरुष	मिळ	लका	त्याला	ऽऽ	ऊन	वारा	पानी	ऽऽ
	निनि	धध	धनि	––	निनि	धध	धसां	––
	राही	लका	सुक	लते	तुझ्या	माझ्या	वानी	ऽऽ
	सांरें	सांध	सांरें	सांध	धरें	सांरें	निनि	––
स्त्री	रोप	आपु	लच	पर	होइ	ल ये	गळ	ऽऽ
	गसां	निध	धध	धध	गसां	निध	धध	––
	दैवा	संग	झुंजा	यच	देऊ	त्याला	बळ	ऽऽ
	प धनि	प धनि	प धनि	धप	ग मप	ग मप	रेग	।।१।।
स्त्री	ढगा	वानी	बर	सल	त्या	ऽऽऽऽ	ऽऽऽऽ	ऽऽऽऽ
	गध	ध ध	धसां	निध	ध–	निध धध	निध धध	निध धध
	वाऱ्या	वानी	हस	वल	त्यो	ऽऽऽऽ	ऽऽऽऽ	ऽऽऽऽ
	गध	ध ध	धरें	सांनि	नि सांनि	धनि	सांनि धनि	सांनि धनि
	फुला	वानी	सुख	वील	काट्या	लाभी	खेळ	वील
	निसां	निसां	निसां	निसां	धनि	धनि	धनि	धनि
	समद्या	झुंडी	ये तो	मन	रिझ	वील	तोऽऽ	ऽऽ
	ध ध	ध ध	ध ध	नि धप	गम	पम	ग–	ध–
पुरुष	ऽऽ	ऽऽ	ऽऽऽ	ऽऽ	अस	ल त्यो	कुणा	वानी
	पम	गम	ध–	पम ग	गसां	निध	ध ध	धध
	कसा	गदि	सल	ऽऽ	तुझ्या	माझ्या	जीवा	चातो
	गसां	निध	ध ध	––	पध	पध	प धनि	धप
	आर	साअ	सेल	ऽऽ	––	––	––	––
	ग मप	गम	रेग	––	––	––	––	।।२।।
स्त्री	उडू	निया	जाई	ल ही	आंस	वाची	रास	ऽऽ
	धनि	निरें	निध	धग	धनि	निरें	निध	––
	आपु	ल्याच	साठी	उद्या	फुट	लप	हाट	––
	गम	गरे	रेग	गम	गम	मध	मग	––
पुरुष	पहा	टच्या	दवा	वानी	तान्ह	तुझ	माझ	ऽऽ
	नि रेंनि	ध ध	गग	गम	ध धध	मग	गग	––

	+		०		+		०	
	सोस	**ल ग**	**कस**	**त्याला**	**जीवा**	**पाड**	**ओझ**	ऽऽ
	म–	प प	पध	पम	मप	मग	गग	– –
स्त्री	**इव**	**ल्याशा**	**पन**	**तीचा**	**इव**	**लासा**	**जीव**	ऽऽ
	गसां	निध	धध	धध	गसां	निध	धध	– –
	त्योच	**घेई**	**परी**	**सम्ध्या**	**अंधा**	**राच**	**ठाव**	ऽऽ
	प धनि	प धनि	प धनि	धप	ग मप	ग मप	रेग	– –
								॥३॥

टीप : समेच्या आधी उचललेले शब्द समासात दाखविले आहेत.

♫ ♫ ♫ ♫

१३

संथ वाहते कृष्णामाई

गायक : सुधीर फडके

सिनेमा : संथ वाहते कृष्णामाई

संथ वाहते कृष्णामाई
तीरावरल्या सुखदुःखाची
जाणीव तिजला नाही।।धृ।।

कुणी नदीला म्हणती माता
कुणी मानिती पूज्य देवता
पाषाणाची घडवून मूर्ती
पूजित कुणी राही।।१।।

सतत वाहते उदंड पाणी
कुणी न वळवुनी नेई रानी
आळशास ही व्हावी कैसी गंगा फलदायिनी।।२।।

♫ ♫ ♫ ♫

१३

संथ वाहते कृष्णामाई

राग : मिश्र,

ताल : जलद केरवा

	+		०		+		०	
पार्श्व संगीत					गं	गं	रें	--
	--	--	--	--	गं	गं	रें	--
	संऽ	**थ वा**	**ऽह**	**ते ऽ**	**ऽ कृ**	**ष्णाऽ**	**माऽ**	**ऽई**
	प-	निम	-म	म-	-ग	ग-	म-	-म
	तीऽ	**राऽ**	**वरऽऽ**	**ल्याऽ**	**ऽ सुख**	**दुःऽ**	**खांऽ**	**चीऽ**
	ग-	म-	ग मपम	ग-	-नि़ नि़	सा-	सा-	सा-
	जाऽ	**णिव**	**तिज**	**लाऽ ऽऽ**	**नाऽ ऽऽऽ**	**ही ऽ**	**ऽ ऽ**	**ऽ ऽ**
	निसा	गग	मम	गम पसां	सांनि रेंसांनि	निध	पधप	मपम ग
	कुणी	**ऽन**	**दीऽ ऽऽ**	**लाऽ ऽ**	**म्हऽणऽ**	**तीऽ**	**माऽ**	**ताऽ**
	निसां	-सां	निसां गंरेंसां	निध प	पध पध	म-	म-	म--
तान	पधप मप	धनि	ध पध	-पम	--	--	--	--
	कुणी	**ऽन**	**दीऽ ऽऽ ऽऽऽ**	**लाऽ ऽ**	**म्हऽणऽ**	**ती ऽ**	**माऽ**	**ताऽ**
	निसां	-सां	निसां गंरेंसां	निध प	पध पध	म-	म-	म--
	कुणी	**माऽऽ**	**ऽनि**	**ती ऽ**	**पूऽ**	**ज्यदे**	**ऽव**	**ताऽ**
	साग	ग मप	-प	प-	सां-	निप म	-म	म-
	पाऽ	**षाऽ**	**णाऽ**	**चीऽ**	**घड**	**वुन**	**मूऽ**	**र्तीऽ**
	गं-	गं-	गं-	गं-	सांसां	निप	सां-	सां-
	घड	**वुन**	**मूऽ**	**र्तीऽ**	**ऽपू**	**जित**	**कुणी राऽ ऽऽ**	
	पधप	मग	मप	-प	-सा	गग	मम गम पसां	
	हीऽ	**ऽऽ**	**नऽ**	**ऽऽ**	--	--	--	--
	सांनि	रेंसां	नि पनिप	मपम ग				।।१।।

+		○		+		○	
सत	त वाऽ	ऽऽह	ते	उदं	ऽड	पाऽ	णीऽ
नि नि	ध पध	पध म	म	मप	सांसां	सां–	सां–
उऽदंऽ	डऽ	पाऽ	णीऽ	कुणी	ऽन	वऽळऽ	वुऽनीऽऽऽ
निसां निसां	निप	म–	म–	निसां	–नि	सांगंरेंसां	निध पधपम
नेऽ	ई ऽ	रा ऽ	नीऽ	आऽ	ळशा	ऽस	ही ऽ
पसां	सां–	सां–	सां–	गं–	गं गं	–गं	गं–
व्हाऽ	वीऽ	कैऽ	सीऽ	व्हाऽ	वीऽ	कैऽ	सीऽ
सां रेंसां	निप	नि–	नि–	प निप	मग	मप	प–
गंऽ	गाऽ	फल	दाऽऽऽ	ई ऽ	ऽऽ	ऽऽ	ऽऽ
सा–	ग–	मम	गम पसां	सां नि	रेंसां	नि पनिप	मपम ग।।२।।

♬ ♬ ♬ ♬

१४

मामाच्या गावाला जाऊ या

गायिका : आशा भोसले व इतर, कवी : ग. दि. माडगूळकर
संगीत : वसंत पवार, सिनेमा : तू सुखी रहा

झुक झुक झुक झुक आगीन गाडी
धुरांच्या रेषा हवेत काढी
पळती झाडे पाहू या
मामाच्या गावाला जाऊ या।।धृ।।

मामाचा गाव मोठा
सोन्याचांदीच्या पेठा
शोभा पाहुनी घेऊ या
मामाच्या गावाला जाऊ या।।१।।

मामाची बायको गोरटी
म्हणेल कुठली पोरटी
भाच्यांची नावे सांगू या
मामाच्या गावाला जाऊ या।।२।।

मामाची बायको सुगरण
रोज रोज पोळी शिकरण
गुलाब जामुन खाऊ या
मामाच्या गावाला जाऊ या।।३।।

मामा मोठा तालेवार
रेशीम घेईल हजार वार
कोट विजारी घेऊ या
मामाच्या गावाला जाऊ या।।४।।

♫ ♫ ♫ ♫

१४

मामाच्या गावाला जाऊ या

आरोह : सा ग म प नि सां,

राग : पिलू, अवरोह : सां नि ध प म ग रे सा, ताल : जलद केरवा

	+		०		+		०	
पार्श्वसंगीत	मप	धप	म	सा	मप	धप	म–	––
	मप	धप	म	सा	मप	धप	म–	––
	सां	मं	सां	मं	सां–	धं–	––	––
	सां	मं	सां	मं	सां–	धं–	––	––
	मंमं	सांसां	मंमं	सांसां	गंरें	सांनि	धप	ध नि
	सां–	––	ध–	प–	म–	––	ग–	रेगम
	झुक	**झुक**	**झुक**	**झुक**	**आगी**	**ऽन**	**गाऽ**	**डीऽ**
	मम	मप	मम	गरे	रेरे	–ग	म–	म–
	धुरा	**ऽच्या**	**रेऽ**	**षाऽ**	**हवे**	**ऽत**	**काऽ**	**ढीऽ**
	मम	–प	म–	गरे	रेरे	–ग	गम	म–
	पळ	**तीऽ**	**झाऽ**	**डेऽ**	**पाऽ**	**हू ऽ**	**याऽ**	**ऽऽ**
	मम	प–	म–	ग–	म–	प–	ध–	––
	मामा	**ऽच्या**	**गाऽ**	**ऽवाला**	**जाऽ**	**ऊ ऽ**	**याऽ**	**ऽऽ**
	पप	–नि	ध–	पम	ग–	म–	ग–	रे–
	जाऽ	**ऊ ऽ**	**याऽ**	**ऽऽ**	**मामा**	**ऽच्या**	**गाऽ**	**ऽवाला**
	रे–	ग–	मध	पध	पप	नि–	ध–	पम
	जाऽ	**ऊ ऽ**	**याऽ**	**ऽऽ**				
	म–	म–	म–	––				
	माऽ	**माऽ**	**चाऽ**	**ऽऽ**	**गाव**	**मोऽ**	**ठाऽ**	**ऽऽ**
	सां	सां	नि–	––	ध–	नि–	ध–	––
	सोऽ	**न्याऽ**	**चांऽ**	**दीऽ**	**च्याऽ**	**पेऽ**	**ठाऽ**	**ऽऽ**
	सां	सां	नि–	नि–	ध–	सांनि–	ध–	––
	शोऽ	**भाऽ**	**पाऽ**	**हुनी**	**घेऽ**	**ऊ ऽ**	**याऽ**	**ऽऽ**
	म–	प–	म–	गग	म–	प–	ध–	––

	+		०		+		०	
	मामा	**च्या**	**गाऽ**	**वाला**	**जाऽ**	**ऊ ऽ**	**याऽ**	**ऽऽ**
	पप	–नि	ध–	पम	म–	म–	म–	।।१।।
	मामा	**ऽची**	**बाय**	**कोऽ**	**गो**	**ऽर**	**टीऽ**	**ऽऽ**
	ग ग	–ग	ग–	म–	प–	प–	प–	––
गद्यामध्ये	**म्हणे**	**ऽल**	**कुठ**	**लीऽ**	**पोऽ**	**ऽर**	**टीऽ**	**ऽऽ**
	भाच्यां	**ऽची**	**नाऽ**	**वेऽ**	**सांऽ**	**गू ऽ**	**या ऽ**	**ऽऽ**
	मम	–प	म–	ग–	म–	प–	ध–	––
	मामा	**ऽच्या**	**गाऽ**	**वाला**	**जाऽ**	**ऊ ऽ**	**याऽ**	**ऽऽ**
	पप	–नि	ध–	पम	म–	म–	म–	।।२।।
	मामा	**ऽची**	**बाय**	**कोऽ**	**सुग**	**रऽ**	**णऽ**	**ऽऽ**
	गं गं	–गं	गं–	गं–	रेंरें	गंरें	सां–	––
	रोज	**रोज**	**पोऽ**	**ळी ऽ**	**शिक**	**रऽ**	**णऽ**	**ऽऽ**
	ध–	नि–	सांरें	सांनि	धप	धप	म–	––
	गुला	**ऽब**	**जाऽ**	**मुन**	**खाऽ**	**ऊ ऽ**	**या ऽ**	**ऽऽ**
	मम	–प	म–	ग–	म–	प–	ध–	––
	मामा	**ऽ**	**च्या गाऽ**	**वाला**	**जाऽ**	**ऊ ऽ**	**याऽ**	**ऽऽ**
	पप	–नि	ध–	पम	म–	म–	म–	।।३।।
	माऽ	**माऽ**	**मोऽ**	**ठाऽ**	**ताऽ**	**लेऽ**	**वाऽ**	**रऽ**
	सां–	सां–	नि–	नि–	निध	सांनि	ध–	––
	रेऽ	**शीम**	**घेऽ**	**ईल**	**हजा**	**ऽर**	**वाऽ**	**ऽर**
	सां–	सांसां	नि–	नि नि	धध	–नि	ध–	––
	कोट	**ऽवि**	**जाऽ**	**रीऽ**	**घेऽ**	**ऊ ऽ**	**या ऽ**	**ऽऽ**
	मम	पप	म–	ग–	म–	प–	ध–	––
	मामा	**ऽच्या**	**गाऽ**	**वाला**	**जाऽ**	**ऊ ऽ**	**याऽ**	**ऽऽ**
	पप	–नि	ध–	पम	ग–	म–	ग–	रे–।।४।।

	+		०		+		०	
	जाऽ	**ऊ ऽ**	**याऽ**	**ऽऽ**	**मामा**	**ऽच्या**	**गाऽ**	**ऽवाला**
	रे–	ग–	मध	पध	पप	–नि	ध–	पम
	जाऽ	**ऊ ऽ**	**याऽ**	**ऽऽ**				
	म–	म–	म–	––				

♫ ♫ ♫ ♫

१५

अखेरचे येतील माझ्या हेच शब्द ओठी

गायिका : अरूण दाते, कवी : मंगेश पाडगावकर
संगीत : यशवंत देव

अखेरचे येतील माझ्या हेच शब्द ओठी
लाख चुका असतील केल्या केली पण प्रीती।।धृ।।

इथे सुरू होण्याआधी संपते कहाणी
साक्षीला केवळ उरते डोळ्यातील पाणी
जखम उरी होते ज्यांच्या तेच गीत गाती
लाख चुका असतील केल्या केली पण प्रीती।।१।।

सर्व बंध तोडुनि जेव्हा नदी धुंद धावे
मीलन वा मरण पुढे हे तिला नसे ठावे
एकदाच आभाळाला अशी भिडे माती
लाख चुका असतील केल्या केली पण प्रीती।।२।।

गंध दूर ज्याचा आणिक जवळ मात्र काटे
असे फूल प्रीती म्हणजे कधी हाय वाटे
तरी गंध धुंडित धावे जीव तुझ्यासाठी
लाख चुका असतील केल्या केली पण प्रीती।।३।।

आर्त गीत आले जर हे कधी तुझ्या कानी
गूज अंतरीचे कथिले तुला ह्या स्वरांनी
डोळ्यातून माझ्यासाठी लाव दोन ज्योती
लाख चुका असतील केल्या केली पण प्रीती।।४।।

♫ ♫ ♫ ♫

१५

अखेरचे येतील माझ्या हेच शब्द ओठी

आरोह : नि सा ग मं प नि सां,

राग : मधुकंस, अवरोह : सां नि प मं ग मं ग सा, ताल : विलंबित केरवा

	+	२	०	४	+	६	०	८
अखेरचे	येऽ	तील	माऽ	झ्या	ऽ	हेऽ	च श	ब्द
सागमप	ग	सासा	सा–	सा–	–	ग–	ग ग	–रे
	ओ	ठी	ऽ	ऽ	लाऽ	ख चु	काऽऽ	अस
	सा नि	नि	निसा	प	पसा	सासा	रेसानि	साग
	तील	केऽ	ल्याऽ	ऽ	केऽ	लीऽ	पण	प्री
	मगरे	गम	पमग	–	निसा	गम	पनि	सां
	ऽऽ	ती	ऽ	ऽ	अखेऽ	ऽर	चेऽऽऽऽऽ।।धृ।।	
	नि	प	–	म	सा म	मं	गपं	
इथे सुरू	हो	ण्या	आ	धी	ऽ	संऽऽऽ	पते	क
गम पनि	नि	नि	नि	नि	–	सांनि सांनि	पमं	मं
	हा	ऽ	णी	ऽ	ऽ	ऽ	सा	क्षी
	प	नि	नि	–	–	–	नि	नि
	ला	केऽ	वळ	उर	तेऽऽ		डो	ळ्याऽ
	नि	सांरे	निसां	निसां	धनिध	पमं	मं	पसां
	तील	पाऽ	णीऽऽ	ऽ	ऽ	ऽ	डो	ळ्या
	निसां	निप	म गग	–	–	–	ग	ग
	तिल	पाऽ	णी	ऽ	ऽ	ऽ	जख	म
	पम	पसा	सा	–	–	–	पप	प
	उरी	हो	ते	ज्यां	च्या	ऽ	ते	चगी
	मग	सा	सा	सा	सा	–	ग	गग
	ऽत	गा	ती	ऽ	ऽ	ऽ	ला	ख चु
	–रे	सानि	नि	–	–	–	प	सासा
	काऽऽ	अस	तीलऽ	केऽ	ल्याऽऽ	ऽ	केऽ	लीऽ
	रे सानि	साग	मगसा	गम	पम ग	–	निसा	गमं
	पण	प्री	ऽ	ती	ऽ	ऽ	ऽ	
	पनि	सां	नि	प	–	–	–	।।१।।

+	२	०	४	+	६	०	८
सर्व	**बंध**						
गम	पनिनि						
तोऽ	**डुनि**	**जे**	**व्हा**	ऽ	**न**	**दीऽ**	**धुंद**
निऽ	निनि	नि	नि	ऽ	नि	सांनि	पम॑म॑
धा	ऽ	**वे**	ऽ	ऽ	**मी**	**लन**	**वा**
प		नि	नि		निऽ	निनि	नि
मर	**ण**	**पु**	**ढे हे**	ऽ	**तिला**	ऽऽ	**नसे**
सां	रेंसां	नि नि	निसांध	पम	म॑ म॑		पसां
ठा	ऽ	**वे**	ऽ	ऽ	**तिला**	ऽऽ	**नसे**
नि	प	ग	ग		ग ग		मपम
ठा	ऽ	**वे**	ऽ	ऽ	**ए**	**क**	**दाच**
प	ग	ऽ	सा		प	प	मगसा
आ	**भा**	**ळा**	**ला**	ऽ	**अशी**	ऽ	**भिडे**
सा	सा	सा	सा		साम		मम
मा	ऽ	**ती**	ऽ	ऽऽ		**ला**	**ख चु**
ग	सा	नि	नि	सां प़		प	सासा
काऽऽ	**अस**	**तीलऽ**	**केऽ**	**ल्याऽऽ**	ऽ	**केऽ**	**लीऽ**
रे [सा]नि	सागु	म[ग]सा	गम	पम ग	–	निसा	गम
पण	**प्री**	ऽ	**ती**	ऽ	ऽ	ऽ	
पनि	सां	नि	प	–	–	–	।।२।।
गंध	**दूर**						
ग–म	पनिनि						
ज्या	**चा**	**आऽ**	**णिक**	ऽ	**जव**	**ळ**	**मात्र**
निऽ	नि नि	निऽ	नि नि		नि सां	नि	प म॑ म॑
का	ऽ	**टे**	ऽ	ऽ	**असे**	ऽ	**फूल**
प	–	नि	नि	ऽ	पनि	ऽ	निनि
प्रीऽ	**ती**	**म्हऽ**	**णजे**	ऽ	**कधी**	ऽ	**हाय**
सांरे	सां	निसां	धपम		म॑म॑	ऽ	पसांसां
वा	ऽ	**टे**	ऽ	ऽ	**कधी**	ऽ	**हाय**
नि	प	ग	ग		ग ग	ऽ	मपम

	+	२	०	४	+	६	०	८
	वा	ऽ	टे	ऽ	ऽ	त री	ऽ	गंऽ
	ग	ग	पग	ग		प प	ऽ	मपम
	ध	धुं	डि	त	धा	ऽ	वे	ऽ
	म	ग	सा	सासा	सा	ऽ	सा	ऽ
	ऽ	ऽ	जी	ऽ	व	तु	झ्या	ऽ
			म	म	म	ग	सा	
	सा	ऽ	ऽ	ठी			ला	ख चु
	नि	नि	सा	प			प	सासा
	काऽऽ	अस	तीलऽ	केऽ	ल्याऽऽ	ऽ	केऽ	लीऽ
	रे सानि	साग	मगसा	गम	पम ग	–	निसा	गम
	पण	प्री	ऽ	ती	ऽ	ऽ	ऽ	
	पनि	सां	नि	प	–	–	–	।।३।।
आर्त गीत	आ	ले	ऽ	जर	हे	कधी	ऽतु	झ्या
गमपनिनि	नि	नि	–	नि नि	नि	प सांनि	–प	मं
	का	ऽ	ऽनि	ऽ	ऽ	गू	ऽज	अंत
	प	मंप	निनि	–	–	निनि	–नि	निनि
	री	चे	ऽ	कथि	ले	तु	लाऽऽऽ	याऽ
	सां	सां	–	निरें	सां	नि	सांनि	रेंसांनिधप
	स्वरांऽऽऽऽ	नी	ऽ	डो	ळ्या	तून	मा	झ्या
	प पमंधपमं	ग	–	प	प	पम	ग	सा
	सा	ठी	ऽ	लाऽ	व दो	ऽन	ज्योऽऽ	तीऽ
	सा	सा		म–	म म	–म	म गसा	नि̣
	ला	ख चु	काऽऽ	अस	तील	केऽ	ल्याऽऽ	ऽ
	प़	सासा	रेसानि̣	साग	मगरे	गम	प मग	
	केऽ	लीऽ	पण	प्री	ऽ	ती	ऽ	ऽ
	निसा	गमं	पनि	सां	नि	प	ऽ	मं।।४।।
	अखे	ऽर	चे	ऽ				
	साग	–मं	प–					

१६

घट डोईवर घट कमरेवर

कवी : पी. सावळाराम

संगीत : वसंत प्रभु, गायिका : लता मंगेशकर

घट डोईवर घट कमरेवर
सोडी पदरा नंदलाला।।धृ।।

कुणीतरी येईल अवचित पाहिल
जाता जाता आगही लाविल
सर्व सुखाच्या संसाराला नंदलाला।।१।।

हलता हलता घट हिंदळता
लज्जेवरती पाणी उडता
नकोच होईन मीच मला रे नंदलाला।।२।।

केलीस खोडी पुरे एवढी
जोवर असते मनात गोडी
हसुनी तूही हो बाजूला, नंदलाला।।३।।

♫ ♫ ♫ ♫

१६

घट डोईवर घट कमरेवर

आरोह : सा ग म प ध नि सां,

राग : खमाज, अवरोह : सां नि ध प म ग रे सा, ताल : जलद केरवा

	+		○		+		○	
पार्श्व	संगीत							
मध	सां–	ऽ निसां	ध–	मप	ध–	मप	ग	गम
	रे रेसा	नि़ नि़सा	ध़ नि़	साम	रे रेसा	नि़ नि़सा	ध़नि़	सा
	घट	डोऽ	ई ऽ	वर	घट	कम	रे ऽ	वर
	साग	मप	मग	रेसा	रेसा	नि़ध़	सा–	सासा
	सो ऽ	डी ऽ	पद ऽऽ	रा ऽ	नंद	लाऽऽऽ	ला ऽऽऽ	नंद
	सा–	ग–	मप^{ध}प	पम	मध	पधसांनि	धनिधम	मप
	ला ऽ	लाऽ	रेऽऽऽ ऽऽ	ऽऽ ऽऽ	घट	डो ऽ	ई ऽ	वर
	ग–	ग सा	सागमप मप	गम रेसा	साग	मप	मग	रेसा
	घट	कम	रे ऽ	वर	--	--	--	।।धृ।।
	रेसा	नि़ध़	सा–	सासा	--	--	--	--
	कुणी	तरी	ये ऽऽऽ	ईल ऽ	अव	चित	पा ऽऽऽ	हिल
	सासा	गग	मप^{ध}प	म मग	सासा	गग	मप^{ध}प	मम
	जा ऽ	ता ऽ	जा ऽ	ता ऽऽ	आ ऽ	गही	ला ऽ	विल
	मध	धनि	पध	धपम	मध	नि सां	नि ध	ध ध
	स ऽ	र्व सु	खा ऽऽऽ	च्या ऽ	सं ऽ	सा ऽऽ	राला	नंद
	ध–	ध म	पधपग	ग सा	साग	म धप	मम	गग
	ला ऽ	ला ऽ	रे ऽ	नंद	ला ऽ	लाऽ	रे ऽऽऽ ऽऽ ऽऽ ऽऽ	
	म–	म–	ग	गग	म–	म–	सागमप मपगम रेसा	
								।।१।।
	हल	ता ऽ	हल	ता ऽ	घट	हिं ऽ	दळ ऽ	ता ऽ
	धप	धम	पम	मसा	सासा	गम	प मप	ध–
	ल ऽ	ज्ञे ऽऽ	वर	तीऽ	पा ऽऽ	णी ऽ	उ ऽड ऽ	ता ऽ
	ध सां	सां रेंसां	नि नि	नि–	नि सांध	धम	पध सांनि	ध–

+		०		+		०	
नको	**ऽ च**	**हो ऽऽ**	**ईल ऽ**	**मी ऽ**	**चम**	**लारे ऽ**	**नंद**
धध	–म	प धप	ग गसा	साग	मप	म पम	गग
लाऽ	**लाऽ**	**रे ऽ**	**नंद**	**ला ऽ**	**लाऽ**	**रे ऽऽऽ ऽऽ ऽऽ ऽऽ**	
म–	म–	गसा	गग	म–	म–	सागमप मप गम रेसा	
							॥२॥
के ऽ	**लीस**	**खो ऽऽऽ**	**डी**	**पुरे**	**ऽए**	**वऽऽ**	**ढी**
सा–	गग	म प^धम	म–	साग	–म	प धप	म
जो ऽ	**वर**	**अस**	**ते ऽऽ**	**मना**	**ऽ त**	**गो ऽ**	**डी ऽ**
मध	धनि	पध	ध पम	मध	नि सां	नि ध	ध–
हसू	**नी ऽऽ**	**तू ऽ**	**ही ऽ**	**हो ऽ**	**बा ऽऽ**	**जुला**	**नंद**
धध	धमप	पग	ग–	साग	म धप	मम	गग
लाऽ	**लाऽ**	**रे ऽ**	**नंद**	**ला ऽ**	**लाऽ**	**रे ऽऽऽ ऽऽ ऽऽ ऽऽ**	
म–	म–	गसा	गग	म–	म–	सागमप मप गम रेसा	
							॥३॥
घट डोईवर ----							

♫ ♫ ♫ ♫

१७

तुम्हावरी केली मी मर्जी बहाल

कवी : जगदीश खेबूडकर, गायिका : उषा मंगेशकर

संगीत : राम कदम, सिनेमा : पिंजरा

तुम्हावर केली मी मर्जी बहाल
नका सोडून जाऊ रंग महाल।।धृ।।

पापण्यांची तोरणं बांधून डोळ्यांवरती
ही नजर उधळिते काळजातली पिरती
जवळी यावं मला पुसावं गुपित माझं खुशाल।।१।।

हुर हुर म्हणू की ओढ म्हणू ही गोड
या बसा मंचकी सुटल गुलाबी कोडं
विरह जाळतो मला रात ही पसरी मायाजाळ।।२।।

लाडे लाडे आदबीन तुम्हा विनविते बाई
पिरतीचा उघडला पिंजरा तुमच्या पायी
अशीच ऱ्हावी रात साजणा कधी न व्हावी सकाळ।।३।।

♫ ♫ ♫ ♫

१७	**तुम्हावरी केली मी मर्जी बहाल** आरोह : सारे गम पध निसां, राग : कालिंगडा, अवरोह : सांनि धप मग रेसा, ताल : विलंबित केरवा, (मध्यम 'सा' मानून गाणे वाजविणे)

पार्श्वसंगीत

ठेक्या निसां निसां निसां निसां । पध पध पध पध । मप मप मप मप

शिवाय पप मम गग रे रे सा ।

तुम्हावर केली मी मर्जी बहाऽऽऽल नका सोऽऽडून जाऽऽऊऽ रंऽगऽऽम

सारे सारे नि नि नि नि नि सा सारेग सारे गग गमगरे रे गमग रे रे सारे गमग रे

	+ २	० ४	+ ६	० ८
ठेका	**हा ऽल नका**	**सोऽऽ डून जाऊ**	**ऽरंग ऽऽऽ म**	**हाऽ ल**
सुरू	सा -- गग	गमग सारे गमग रेसा	-सारे गमग रे	सा---
			पाप ण्यांची तो रणं	**ऽ बांधु न डोऽळ्या**
			रेम मम म मम	-गमग रे सासा
	वर ती ऽ ही	**नज र ऊ धळि तेऽऽऽऽऽ**	**का ळ जाऽ तलीऽऽऽऽ**	**पिरती --**
	रे ग रे ग -सा	रे म मम मम धपनिम	ग गग- ग रेग पमग	रे सा सा --
	ऽ जवळी यावं	**ऽ मला पु साव**	**गु पि त मा झ खु**	**शाऽ ऽऽ ऽऽ ऽऽ**
	ध ध ध ध ध	पधम म म	मधप म म म	मप मप धप मग
	गुपि त मा झ खु	**शा ऽ ल ऽ**		
	गम ग रे ग रे	सा- --		।।१।।
			हुर हुर म्हणू की	**ऽ ओढ म्ह णूऽ ही**
			साम मम मम म	-गमग रेसा सा
	गोऽऽऽ ड या	**बसा मंच की ऽऽऽ**	**सुट ल गु ला बीऽऽऽऽ**	**कोऽ डऽ**
	रेगरेग ग सा	रेम मम मपमग	ग ग ग ग ग रेग पमग	रे सा सा-
	ऽ विरह जा ळतो	**म लाऽ रात ही**	**पस रीऽ माऽ या**	**जाऽ ऽऽ ऽऽ ऽल**
	साधध ध धध	प निध ममम	मध धप पम म	मप मप धप मग
	पस रीऽमा याऽ	**जा ऽ ऽ ऽ**	-- -- --	-- -- --
	ग मग रे गरे	सा---	-- -- --	-- --।।२।।

+ २	० ४	+ ६	० ८
लाडेलाडे आद बिन	**तुम्हा ऽवि नवि ते**	**बाऽ ऽऽ ई ऽ**	**-- -- पिर**
साम मम मम मम	गम –ग रे सा सा	रेग रेग ग–	-- -- सासा
तिचा उ घड लाऽऽऽऽऽ	**पिंजा रा तुम च्याऽऽऽऽ**	**-- पाऽ यी-- --**	**अशीच**
रेम म मम मपनिधपम	गग ग गरे रेग पमग --	-- रेसा सा	-- -- साधध
ऱ्हा वी ऽरातसा	**ऽजणा क धी न**	**व्हावी स काऽऽ**	**ऽऽळऽ कधी न**
ध ध –पधम	– मम मध प	मम म मप मप	धप मग गम ग
व्हा वी ऽ स	**का ऽ ळ ऽ**		
रे ग – रे	सा ---		।।३।।

♫ ♫ ♫ ♫

१८

दे रे कान्हा चोळी लुगडी

कवी : जगदीश खेबूडकर, गायिका : लता मंगेशकर

संगीत : राम कदम, सिनेमा : पिंजरा

अरे कान्हा!
नको न्याहाळू नितळ काया ओलेती उघडी
दे रे कान्हा ! दे रे चोळी अन् लुगडी
बालपणीची अल्लड नाती
मला कवळिले तू एकांती
अजुनी कां तुज त्या खेळाच्या
छंदाची आवडी।।१।।

ऐन वयाची किमया सारी
लाजवंती मी भोळी बावरी
कशी येऊ मी काठावरती
मदनाची लालडी।।२।।

तूच दिली ही यौवन कांती
कशी लोचनी आतूर होती
देहाहून ही मुक्त भावना
शरणागत बापुडी।।३।।

हात जोडिता बंधन तुटले
आता जीवाला 'मी' पण कुठले
आत्म्याने जणू परमात्म्याला अर्पण केली कुडी।।४।।

♫ ♫ ♫ ♫

१८

दे रे कान्हा चोळी लुगडी

राग : पिलू,

ताल : त्रिताल

ठेक्याशिवाय

अरे	**काऽऽऽन्हाऽऽ**	**ऽऽ ऽऽऽऽऽऽऽऽ**	**काऽन्हाऽ**
पप	पधसांरेंग--	सांगंरेंमंगंरेंसांनि	- धनिधनि
ऽऽऽऽऽ	**ऽऽऽऽऽऽ**	**ऽऽऽऽऽ**	
धरेंनिधप	मपधपमग	रेमगरेसा	
नको	**न्याहाऽऽऽऽळू**	**नितळ**	**का ऽ ऽ ऽ ऽ ऽ ऽ ऽ ऽ या**
निसा	रे सानिरेसानिध	ग ग ग	रेग रेग रेग रेग पम ग
ओले	**तीऽऽऽऽऽ**	**उघऽडी ऽऽऽऽऽऽ**	**देरे**
पप	पम निधपम	रेमपमग रेमगरेसा	ध-सा

कान्हा ऽऽ ऽऽऽऽऽ काऽऽऽऽऽऽऽऽन्हा **देऽऽऽऽरे**

ग ग--रेमगरेसा सागरेगगधपगरेसा सारे रेमरे

चोऽऽळीऽ अन् **लुग**

मपध-पग गरे सानि

	+		०		+		०	
	डी--	**-**	**-**					
	सा	-	-	-				
					देऽऽऽरे चोऽऽऽळीऽ		**अ न**	**लु ग**
					सारेरेमरे मपध-पम		ग रे	सा नि
	डी ऽ	**ऽ ऽ**	**ऽ ऽ**	**ऽ देरे**	**का न्हा**	**ऽ ऽ**	**ऽ ऽ**	**ऽ ऽ**
	सा -	--	--	-धसा	ग ग	--	--	रे सा
	का ऽ	**ऽ ऽ**	**न्हा ऽ ऽ**	**--**	**--**	**--**	**--**	
	साग रेग	गध प	ग रे सा	--	--	--	--	
	का ऽ	**ऽ ऽ**	**न्हा ऽऽ**	**देऽ**	**रेऽ ऽ**	**चोऽऽळीऽ**	**अ न्**	**लु ग**
	साग रेम	गप म	ग रेसा	सारे	रेम रे	मपध पम	ग रे	सा नि
	डी-	**--**	**--**	**--**	**बा लप णीऽऽऽची**		**अऽऽलऽनाऽऽऽती**	
	सा-	--	--	--	ग गग रेमगरे सा		पधप धसाध सारेमग रे	

	+	○	+	○
	बा लप णीऽऽऽची	**अऽऽल्लड नाऽऽऽती**	**मलाऽकवळी लेऽऽऽऽऽ**	**तूऽऽ एकांऽऽऽ ती**
	ग मप गुरेमगुरे सा	पधप धसाधसारेमगुरे	गग– ग गग गरेसारेगम	धुपधुपमग रेमगुरेसा
	अजु नी का तुज	**त्या खेऽऽऽ ळा चा**	**अजुनी काऽऽऽ तुज**	**त्या खेऽऽऽळाचा**
	प प प प प धुपम	म धुपधुप मग	पप प प निधसांनि धुप	म मपनिधप मग
	छं दा चीऽऽ आ	**वडीऽऽ ऽऽ ऽऽ**	**ऽऽ ऽऽ देरे काऽऽऽन्हा**	**चो ळीन् लुग**
	ध– ध निधम म	म पधप पध निध	धनि सांप पम पनिधध	प ग गुरे सा नि
	डी ऽ ऽऽ			
	सा– – –			।।१।।

कोरस : ताल जलद केरवा

							ऽऽ	**देरे**
								मग
	कान्हा	**ऽ दे**	**रेऽऽऽ**	**दे रे**	**चोळी**	**लुग**	**डीऽऽऽ**	**दे रे**
	मप	–प	धनिपध	निसां	निसां	धप	पनिधप	मग
	कान्हा	**ऽऽ**	**ऽऽ**	**हाऽऽऽ**	**काऽ**	**न्हाऽ**	**ऽऽ**	**ऽऽ**
	मप	– –	– –	धपमग	धप	प–	– –	– –
	अरे	**काऽ**	**ऽऽऽ**	**न्हाऽ**	**ऽऽ**	**ऽऽ**	**ऽऽ**	**ऽऽ**
	पप	पध	सांरेंगं	गं–	– –	– –	– –	– –
	ऽऽ	**ऽऽ**	**ऽऽ**	**ऽऽ**	**काऽ**	**न्हाऽ**	**ऽऽ**	**ऽऽ**
	सांगं	रेंम	गंरें	सांनि	निसां	धनि	– –	– –
	ऽऽ	**ऽऽ**						
	नि रेंनि	धप						

ताल बदल – त्रिताल

							ऐऽ	**नव**
							मप	नि नि
	याऽ	**चीऽऽऽऽऽ**	**ऽ कि**	**म या**	**सा ऽ**	**री ऽ**	**ऽऽऽऽ**	**ऽऽऽऽ**
	नि–	निरेंसांनिधनि	नि	नि सां	नि–	सां–	निसांगंरें	सांनिधप

+	०	+	०
ऽऽ ऽऽ	**ऽऽ ऽऽ**	**-ऐन न व**	**या चीऽऽऽऽऽ**
मप निध प मग	गरे मग रे सा	मप नि नि	नि निरेंसांनिधनि
ऽ कि म या	**सा ऽ री ऽ**	**लाऽ ज वं**	**तीऽ मीऽ**
नि नि सां	नि- सां	सा ग ग ग	ग- म प
भो ऽ ळीऽ बा	**ऽ व री ऽ**	**कशी ये ऊऽऽऽऽ मीऽ**	**कां ठाऽऽऽ वरऽ ती**
पनिध पम रे	ग सासा	पप प पनिधसांनिधप	मपनिधप मपम ग
-- मद नाचीऽऽला	**लडीऽऽ ऽऽ ऽऽ**	**ऽऽ ऽऽ येरेकाऽऽऽन्हा**	**चो ळी न् लु ग**
धध ध निधम	म पधप पध निध	धनि सांप पम पनिधधप	ग गरे सा नि
डीऽ ऽऽ			
सा- --			

टीप : १) या गीतात पहिल्या व दुसऱ्या कडव्याप्रमाणेच तिसऱ्या व चौथ्या कडव्याची चाल बांधली आहे. म्हणून फक्त पहिल्या दोन कडव्यांचेच नोटेशन दिले आहे.

२) मूळ गीताची स्वररचना त्रितालात बसविली आहे. तर कोरस गीताची स्वररचना जलद केरव्यात बसविली आहे. त्यामुळे या गाण्यास वेगळाच उठाव आला आहे.

♫ ♫ ♫ ♫

१९

बाई मी विकत घेतला शाम

कवी : ग. दि. माडगूळकर, गायक : सुधीर फडके, आशा भोसले,
संगीत : सुधीर फडके, सिनेमा : जगाच्या पाठीवर

नाही खर्चली कवडी दमडी
नाही वेचला दाम
विकत घेतला शाम । बाई मी विकत घेतला शाम ।।धृ।।

कुणी म्हणे ही असेल चोरी
कुणा वाटते असे उधारी
जन्मभरीच्या श्वासा इतुके
मोजियले हरिनाम । विकत घेतला शाम ।।१।।

बाळ गुराखी यमुनेवरचा
गुलाम काळा संताघरचा
हाच तुक्याचा विठ्ठल आणि
दासाचा श्रीराम । विकत घेतला शाम ।।२।।

जितुके मालक तितुके नांवे
हृदये तितुके ही ह्याची गांवे
कुणी न ओळखी तरीही ह्याला
दीन अनाथ अनाम। विकत घेतला शाम।।३।।

♫ ♫ ♫ ♫

११	**बाई मी विकत घेतला शाम** आरोह : सारे गर्म पध निसां, राग : यमनकल्याण, अवरोह : सां निधप र्मग रेसा, ताल : भजनी

	+		०		+		०	
ठेक्या	**नाही**	**खर्चली**	**कवडी**	**दमडी**	**नाही**	**वेचला**	**दाम**	**SSSSSSS**
शिवाय	सां–सां	सां–सां	निसांध	पम पनिध	ध–प	मप–गम	मप	मधपमगमग
							विकत	**घेलाS**
							मध–पम	ग–सारेसा
ठेक्या								
शिवाय	**शाS**	**Sम**	**बाई**	**मीS**	**विक**	**तघे**	**Sत**	**लाS**
स्त्री	रे ग	––	साग	र्मध	र्मध	पर्मग	–सा	रेसा
	शाS	**Sम**	**बाई**	**मीS**	**विक**	**तघे**	**Sत**	**लाS**
	रे ग	––	साग	र्मध	र्मध	पर्मग	–सा	रेसा
	शाS	**Sम**						
	रेर्मग	रेग						
पुरुष	**आ**	**SS**	**S**	**S**	**SS**	**SS**	**S**	**S**
तान	सा–	गर्म	प–	––	र्मप	निध	––	––
	SS	**SS**	**S**	**S**	**S**	**SS**	**SS**	**SS**
	पर्म	धप	–	–	गर्म	गरे	साग	र्मप
स्त्री	**कुणी**	**S म्ह**	**णेS**	**हीS**	**असे**	**Sल**	**चोS**	**रीS**
	पप	–प	प–	प–	र्मप	–ग	प–	प–
	कुणा	**Sवा**	**Sट**	**तेS**	**असेSS**	**S उ**	**धाS**	**रीS**
	र्मप	–म	धप	र्मप	र्म र्मधप	र्मग	प–	प–
	जन्	**म भ**	**रीS**	**च्याSSSS**	**श्वाS**	**साSS**	**हतु**	**केS**
	नि–	निनि	नि–	निधपधनिसां	सां–	सां	सांसां	सां–
	मोS	**जिय**	**लेS**	**हरि**	**नाSSSS**	**SSSS**	**SSम**	**––**
	निसां	निसां	ध–	र्मरे	रेर्मपनिध	र्मधपम	गर्मग	

	+		०		+		०	
	मोऽ	**जिय**	**लेऽ**	**हरि**	**नाऽऽऽ**	**ऽऽऽऽ**	**ऽऽऽऽऽऽऽऽम--**	
	निसां	ध-	ध-	मंरे	रेमंपनि	सांरेंसांनि	धपमंधपमं	गमंग
	विक	**तघे**	**ऽत**	**लाऽ**	**शाऽ**	**ऽम**	**बाई**	**मीऽ**
	मंध	पमंग	-सा	रेसा	रेग	--	साग	मंध
	विक	**तघे**	**ऽत**	**लाऽ**	**शाऽ**	**ऽम**	**ऽऽ**	**ऽऽ**
	मध	पमंग	-सा	रेसा	रमंग	रेग	--	--॥१॥
पुरुष	**आऽऽऽ**	**ऽऽ**	**ऽऽ**	**ऽऽ**	**ऽऽ**	**ऽऽ**	**ऽऽ**	**ऽऽ**
तान	सागपध	निसां	-निध	प-	मंप	निध	पमं	ग-
	ऽऽ	**ऽऽ**	**ऽऽ**	**ऽऽऽऽ**	**ऽऽऽऽ**	**ऽऽ**	**ऽऽऽऽ**	**ऽऽऽऽ**
	गमं	धप	-मं	गमं ग-	रमं गरेग	रेसा	सागमंप	मंध प-
स्त्री	**बाऽ**	**ळगु**	**राऽ**	**खीऽ**	**यमु**	**नेऽ**	**वर**	**चाऽ**
	प-	पप	प-	प-	मंपमं	गग	गमं	प-
	गुला	**ऽम**	**काऽऽ**	**ळाऽ**	**संऽऽ**	**ताऽ**	**घर**	**चाऽ**
	मंप	-मं	धनिध	प-	मंपमं	गग	गमं	प-
	हा-	**चतु**	**क्याऽ**	**चाऽऽऽऽऽ**	**विऽ**	**ठ्ठल**	**आऽ**	**णिऽ**
	नि-	निनि	नि-	निधपध निसां	सां-	सांसां	सां	सां
	दाऽ	**साऽ**	**चाऽ**	**श्रीऽ**	**राऽऽऽ**	**ऽऽऽऽऽ**	**ऽऽम**	**--**
	निसां	निसां	ध-	मरे	रेमंपनिध	मंधपम	गमंग	--
	दाऽ	**साऽ**	**चाऽ**	**श्रीऽ**	**राऽऽऽ**	**ऽऽऽऽ**	**ऽऽऽऽ**	**ऽऽऽऽम**
	निसां	निसां	ध-	मंरे	रेमंपनि	सांरेंसांनि	धपमंधपमंगमंग	
	विक	**तघे**	**ऽत**	**लाऽ**	**शाऽ**	**ऽम**	**बाई**	**मीऽ**
	मंध	पमंग	-सा	रेसा	रेग	--	साग	मध
	विक	**तघे**	**ऽत**	**लाऽ**	**शाऽ**	**ऽम**	**ऽऽ**	**ऽऽ**
	मंध	पमंग	-सा	रेसा	रेमंग	रे ग	-	-॥२॥
पुरुष	**आऽ**	**ऽऽ**	**ऽऽ**	**ऽऽ**	**ऽऽ**	**ऽऽ**	**ऽऽ**	**ऽऽ**
तान	गप	धनि	सां	--	निसां	धप	गरे	सारे
	ऽऽ	**ऽऽ**	**ऽऽ**	**ऽऽ**	**ऽऽ**	**ऽऽ**	**ऽऽ**	**ऽऽ**
	रेमं	मंप	पनि	सांरेंसां	धप	मंप	सां-	--

	+		○		+		○	
स्त्री	**जितु**	**केऽ**	**माऽ**	**लक**	**तितु**	**केऽ**	**नांऽऽऽ**	**वेऽ**
	सांसां	सां–	सां–	सांसां	निसां	धप	गरे सारे	रे–
पुरुष	**आऽ**	**ऽऽ**	**ऽऽ**	**ऽऽ**	**ऽऽ**	**ऽऽ**	**ऽऽ**	**ऽऽ**
तान	रेमं	पनि	सांगं	रेंसां	धप	मंप	सांनि	रेंसां
	जितु	**केऽ**	**माऽ**	**लक**	**तितु**	**कीऽ**	**नाऽऽऽ**	**वेऽ**
	सांसां	सां–	सां	सांसां	निसां	धप	गरे सारे	रे–
	हृदय	**येऽ**	**तितु**	**केऽऽऽ**	**ही ह्या**	**ऽची**	**गांऽ**	**वेऽ**
	रेमं	मं–	पनि	सांगंरेगं	सां नि	–प	प–	प–
	कुणी	**न ओ**	**ऽळ**	**खीऽऽऽऽऽ**	**तरी**	**हीऽ**	**त्याऽ**	**लाऽ**
	निनि	नि नि	–नि	निधप धनिसां	सांसां	सां–	सां–	सां–
	दीऽ	**न अ**	**नाऽ**	**थअ**	**नाऽऽऽ**	**ऽऽऽऽऽ**	**ऽऽथ**	**––**
	निसां	निसां	ध–	मंरे	रेमंपनिध	मंधपम	गमंग	––
	दीऽ	**न अ**	**नाऽ**	**थऽ**	**नाऽऽऽ**	**ऽऽऽऽ**	**ऽऽऽथ**	**––**
	निसां	निसां	ध–	मरे	रेमंपनि	सांरेंसांनि	धपमंध	पमंग$^{\text{मं}}$ग
	विक	**तघे**	**ऽत**	**लाऽ**	**शाऽ**	**ऽम**	**बाई**	**मीऽ**
	मंध	प$^{\text{मं}}$ग	–सा	रेसा	रेग	––	साग	मंध
	विक	**तघे**	**ऽत**	**लाऽ**	**शाऽ**	**ऽऽ**	**ऽऽ**	**ऽम**
	मंध	प$^{\text{मं}}$ग	–सा	रेसा	रेप	मंध	पमं	ग$^{\text{मं}}$ग
								।।३।।

टीप : या रागाच्या स्वरलिपीत नसलेला कोमल ग चा वापर वरील गीतात केलेला दिसतो.

२०

या डोळ्यांची दोन पाखरे

कवी : ग. दि. माडगूळकर, गायिका : आशा भोसले,
संगीत : दत्ता डावजेकर, सिनेमा : पाठलाग

या डोळ्यांची दोन पाखरे फिरतील तुमच्या भवती
पाठलाग ही सदैव करतील असा कुठेही जगती ।।धृ।।

दर्शन तुमचे हाच असे हो या पक्ष्यांचा चारा
सहवासा विन नकोत यांना अन्य कोठचा वारा
तुमचा परिसर याच नभांगण घरकुल तुमची छाती
पाठलाग ही सदैव करतील असा कुठेही जगती।।१।।

सावलीत ही बसतील वेडी प्रीतीच्या दडुनी
एका अश्रुमागे तुमच्या जातील पळ बुडुनी
नव्हेत डोळे नव्हेत पक्षी ही तर अक्षय नाती
पाठलाग ही सदैव करतील असा कुठेही जगती।।२।।

♫ ♫ ♫ ♫

२०	**या डोळ्यांची दोन पाखरे** आरोह : सा ग म ध नि सां/ सां नि ध म ग सा राग : चंद्रकंस, ताल : विलंबित केरवा

पार्श्वसंगीत नि -- निसांधनि -- निसांधनि--निसांधनि मधगम सागनिसाध निसा -- म --
ठेक्याशिवाय

या डोळ्यांऽऽऽ	**ची दोन पाऽऽऽ**	**खरे**	**फिरतील**	**तुमच्या**	**भवती**
म - - गपमगमग	सा म-म गमगम	गसा	निसागसा	निसानिध	निनिनि

पाठलाग ही	**सदैव करतील**	**असा कुठेऽऽऽ**	**ही ऽऽ जगती**
गम धनिनि नि	गमध निनिनिनि	निसां-रें सांनि	रें सांनिध म म म-

	+	२	०	४	+	६	०	८
ठेका	**याऽ**	**डोऽ**	**ळ्यांऽऽऽऽऽ**	**चीऽ**	**दोऽ**	**नपा**	**ऽऽऽख**	**रेऽ**
सुरु	म-	म-	गपम गमग	सा	म-	मम	ग पमग	सा-
	फिर	**तील**	**तुम**	**च्याऽ**	**भव**	**तीऽ**	--	--
	निसा	गसा	निसा	निध	निनि	नि-	--	--
	पाऽ	**ठला**	**ऽग**	**हीऽ**	**सद**	**ऐव**	**कर**	**तील**
	ग-	मध	निनि	नि-	गम	मध	निनि	निनि
	असा	**ऽ कु**	**ठेऽऽऽऽ**	**हीऽऽ**	**जग**	**तीऽ**	--	--
	निसां	-रें	सांनि रेंसांनि	ध^{प}ध	मम	म-	--	--
	दर	**शन**	**तुम**	**चेऽ**	**हाऽ**	**चअ**	**सेऽ**	**होऽ**
	म-	मम	मम	म-	धम	धम	गम	म-
	याऽ	**पऽ**	**क्ष्यांऽ**	**चाऽ**	**चाऽ**	**राऽ**	--	--
	सा	सा	सानिरेसानि	धनि	साग	ग	--	--
	सह	**वाऽ**	**साऽ**	**विन**	**नको**	**ऽत**	**यांऽ**	**नाऽ**
	मम	म-	म-	मम	धम	धम	ग म^{ध}म	म-
	अ	**ऽन्य**	**कोऽऽऽऽठ**	**चाऽ**	**वाऽ**	**राऽ**	--	--
	सा	-सा	सानिरेसानि	धनि	साम	म-	--	--
	तुम	**चाऽ**	**परि**	**सर**	**याऽ**	**च न**	**भांऽ**	**गण**
	निनि	नि-	सांसां	सांसां	सां-	गंनि	सां	सांसा

	+	२	०	४	+	६	०	८
	घर	कुल	तुम	चीऽ	छाऽ	तीऽऽऽ	ऽऽऽऽ	ऽऽऽऽ
	निरें	सांनि	ध ध	मग	मध	धसांनिरें	सांनिधनिध	मधमगम
	पाऽ	ठला	ऽग	हीऽ	सद	ऐव	कर	तील
	ग–	मध	निनि	नि–	गम	मध	निनि	निनि
	असा	ऽकु	ठेऽऽऽऽ	हिऽऽऽ	जग	तीऽ	--	--
	निसां	–रें	सांनि रेंसांनि	धप निध	मम म– ––		--	--
								॥१॥
पार्श्व संगीत	गंसां	नि–	गसा	नि–	सांनि	ध	सानि	ध–
	साऽ	वली	ऽत	हीऽ	बस	तील	वेऽ	डीऽ
	ध–	निसा	ग ग	ग–	गसा	गनि	सा–	सा–
	प्रीऽ	तीऽ	च्याऽऽऽ	दडु	नीऽ	--	--	--
	ग–	म–	मंमधमं	ग ग	ग–	--	--	--
	एऽ	काऽ	अऽ	श्रूऽ	माऽऽ	गेऽ	तुम	च्या
	ध–	ध–	ध–	ध–	सांनिरेंसां निध		मम	म–
	जाऽ	तील	पळ	बुडू	नीऽ	--	--	--
	ग–	ग ग	रे ग	रे सा	सा–	--	--	--
	नव्हे	ऽत	डोऽ	ळेऽ	नव्हे	ऽत	पऽ	क्षी
	निनि	–नि	सां	सां	सांसां	गंनि	सां–	सां–
	हीऽऽऽऽ	तर	अऽ	क्षय	नाऽ	तीऽऽऽ	ऽऽऽऽ	ऽऽऽऽ
	धनि रेंसांनि	धध	ध–	मग	मध	धसांनिरें	सांनिधनिध	मधम गम
	पाऽ	ठला	ऽग	हीऽ	सद	ऐव	कर	तील
	ग–	मध	निनि	नि–	गम	मध	निनि	निनि
	असा	ऽकु	ठेऽऽऽऽ	हीऽऽऽ	जग	तीऽ	--	--
	निसां	–रें	सांनि रेंसांनि	धपनिध	मम	म–	--	--
	याऽ	डोऽ	ळ्यांऽऽऽऽऽ	चीऽ	दोऽ	नपा	ऽऽऽख	रेऽ
	म–	म–	गपम गमग	सा	म–	मम	ग पमग	सा–
	फिर	तील	तुम	च्याऽ	भंव	तीऽ	--	--
	निसा	गसा	निसा	निध	निनि	नि–	--	--
	पाऽ	ठला	ऽग	हीऽ	सद	ऐव	कर	तील
	ग–	मध	निनि	नि–	गम	मध	निनि	निनि

	+	२	०	४	+	६	०	८
	असा	**ऽ कु**	**ठेऽऽऽऽ**	**हीऽऽ**	**जग**	**तीऽ**	**--**	**--**
	निसां	–रें	सांनि रेंसांनि	धपनिध	मम	म–	--	--॥२॥

♬ ♬ ♬ ♬

२१

बाई माझी करंगळी मोडली

कवी : ग. दि. माडगूळकर, गायिका : आशा भोसले,
संगीत : दत्ता डावजेकर, सिनेमा : पडछाया

ऐन दुपारी यमुना तीरी खोडी कुणी काढली
अन् बाई माझी करंगळी मोडली
जळी वाकुन मी घट भरताना
कुठून अचानक आला कान्हा
गुपचुप येऊन पाठी मागुन
माझी वेणी ओढली ।।१।। बाई माझी ----

समोर ठाकी उभा आडवा
गद्यामध्ये : (अंगाला हात लावायचं काही कारण होत का?)
हातच धरला माझा उजवा
मी ही चिडले जेडीस पडले
मन मौन तोडले ।।२।। बाई माझी ----

♫ ♫ ♫ ♫

२१

बाई माझी करंगळी मोडली

शुद्ध खमाजचे आरोह : सा ग म प ध नि सां

राग : मिश्र खमाज, अवरोह : सां नि ध प म ग रे सा, ताल : जलद केरवा

	+		०		+		०
ठेक्या	ऐन	दुपाऽरी	ऽऽ ऽ	ऽऽ ऽ	ऽऽ ऽ	ऽ ऽ	ऽ ऽ ऽ
शिवाय	सां सां रें	सां– सां–	निसां–रें	निसां–रें	निसांरें	निसां–	रें नि प

यमुनाऽऽऽ तीऽरी   ऽ ऽ ऽ ऽ ऽ ऽ   ऽ ऽ ऽ ऽ ऽ ऽ ऽ ऽ   ऽ ऽ ऽऽऽ

परें सारें सारे निसांसां   गंरेंसांगंरेंसां   निधपनिधप मग   रेग रेसा प

ऐऽन दुपाऽऽरीऽऽ   यमुनाऽऽऽ   तीऽरीऽऽ   खोडी कुणी

पसांसांरेंसां–निधप   परें सांरे सांरे   निसां निधप   धनि धनि

काऽढलीऽ ऽ ऽ ऽ ऽ   ऽ ऽ   ऽ ऽ ऽ ऽ   अन् बाई माझी   करंगळी

धसांनिध –निसां   धसांनिध   पमगरेसा   रे रेग रेग   सा–रेमममग

मोऽड	लीऽ	ऽऽ	बाई	माझी	करं	ऽग	ळीऽमोऽ	ऽड
रेगसा	सा–	––	रेग	रेग	सारे	मम	मग रेग	–सा
	लीऽ	ऽऽ	बाई	माझी	करं	ऽग	ळीऽमोऽ	ऽड
	सा–	––	रेग	रेग	सारे	मम	मग रेग	–सा
	लीऽ	ऽऽ	––	––	ऐऽ	नदु	पाऽ	रीऽऽ
	सा–	मप	पध	धसां	सां–	सारें	सां–	निधप
	यमु	नाऽऽऽ	तीऽ	रीऽऽ	खोऽ	डी उ	गीच	काढ
	परें	सां रेंसारं	सां–	निधप	ध–	निध	नि	धसांनि
	लीऽ	ऽऽ	––	––	काऽ	ढली	––	––
	ध–	––	––	––	पनि	धप	––	––
	बाई	माझी	करं	ऽग	ळीऽमोड	डऽ	लीऽ	ऽऽ
	रेग	रेग	सारे	मम	मग रेग	सा–	सा–	––
	बाई	माझी	करं	ऽग	ळीऽमोड	डऽ	लीऽ	ऽऽ
	रेग	रेग	सारे	मम	मग रेग	सा–	सा–	––

	+		○		+		○	
	बाई	माझी	करं	ऽग	ळीऽमोडऽडऽ		लीऽ	ऽऽ
	रेग	रेग	सारे	मम	मग रेग	सा–	सा–	––
	जळी	वाऽऽ	कुन	मीऽ	घट	भर	ताऽ	नाऽ
	गप	धसां निसां	धध	ध–	धनि	धनि	पध	प–
	कुटू	न अऽ	चाऽऽ	नक	आऽ	लाऽ	काऽ	न्हाऽ
	पसां	सां	निसांनि	धप	गरे	सानि	सा–	सा–
	गुप	चुप	येऽ	वुन	पाऽ	ठीऽ	माऽ	गुन
	गप	रेग	सा–	सासा	प प	म^{ध}म	ग–^{प}	गग
माझी	वेऽ	णी	ओऽ	ढ	लीऽ	ऽऽ	ऽऽ	ऽऽ
गप	नि	नि	सां	सां	सांरें	सांनि	निसां निध गप	
	बाई	माझी	करं	ऽग	ळीऽ	मोऽ	डली	––
	रेग	रेग	सारे	मम	मग	रेग	सासा	–– ।१।।
	समो	ऽर	ठाऽ	कीऽ	उभा	ऽआ	ड–	वाऽ
	पसां	–सां	सां	सांरें	निसां	निसां	नि	धध –
	हाऽ	तच	धर	लाऽ	माऽ	झाऽ	उज	वाऽ
	ध–	धध	धध	ध–	धनि	पध	गप	प–
	समो	ऽर	ठाऽ	कीऽ	उभा	ऽआ	ड–	वा
	पसां	–सां	सां–	सांरें	नि नि	सांनि	ध–	ध–
	हाऽ	तच	धर	लाऽ	माऽ	झाऽ	उज	वाऽ
	ध–	निसां	निध	ध–	धनि	पध	गप	प–
तान	धनि	सांनि	सां निध	पध	प धनि	पनि धप	ग–	––
	पध^{प}ग^{प}	धनि^{ध}पध	निसानिधनि	सां–				
वाद्य	––	––	––	––	सांप	धप	सांप	धप
	मीऽ	हीऽ	चिड	लेऽ	जेऽरीऽ	सऽ	पड	लेऽ
	सां	रेंग	सांसां	सां	रेंग रेंग	सां	सांसां	सां–
मन	मौऽ	न	तोऽ	ड	लेऽ	ऽऽ	ऽऽ	ऽ ऽ
गप	नि–	नि	सां	सां	सांरें–	सांनि	निसां	निध गप

	+		०		+		०	
	बाई	**माझी**	**करं**	**ऽग**	**ळीऽ**	**मोऽ**	**डली**	**--**
	रेग	रेग	सारे	मम	मग	रेग	सासा	--
	बाई	**माझी**	**करं**	**ऽग**	**ळीऽ**	**मोऽऽऽऽ**	**डली**	**--**
	रेग	रेग	सारे	मम	मग	गपमगरेग	सासा	--

♫ ♫ ♫ ♫

२२

मेंदीच्या पानावर

कवी : सुरेश भट, गायिका : लता मंगेशकर,
संगीत : पंडित हृदयनाथ मंगेशकर

मेंदीच्या पानावर मन अजून झुलते गं
जाईच्या पाकळ्या दंव अजून सलतंय गं ।।धृ।।

झुळझुळतो अंगणात तोच गार वारा
हुळहुळतो तुळशीचा अजून देह सारा ।।१।।

अजुन तुझे हळदीचे अंग अंग पिवळे गं
अजुन तुझ्या डोळ्यांतील मोठेपण कवळे गं ।।२।।

♫ ♫ ♫ ♫

२२

मेंदीच्या पानावर

राग : मिश्र,

ताल : जलद केरवा

	+		○		+		○	
पार्श्व	सासा	सा–सासा	सासा	सा–सासा	सासा	सा–सासा	सासा	सा–सासा
संगीत	नि़–	रे–	मम	मरे नि़	रे–	म–	पप	पग सा
	नि़	सा रेसा	नि़–	सा रेसा	नि़–	सा रेसा	नि़	सा–

मेंदीच्या	**पाना**	**वर**	ऽऽ	ऽऽ	**मन**	**अ ऽ**	**जूऽ**	ऽऽ
रे नि़ सा	रेम	गग	––	––	मग	सा–	ग–	––
	ऽऽ	**ऽ न**	**झुलते**	**गऽऽ**	**मेंदी**	**च्याऽ**	**पाना**	**वर**
	––	गर्म	गर्मग	रे ग सा	रे नि़	सा–	रे म	ग ग
	ऽऽ	ऽऽ	**मन**	**अजू**	ऽऽ	ऽऽ	ऽऽ	**ऽन**
	––	––	मंग	सा ग	––	––	––	गम
	झुलते	**गऽऽ**	**जाऽ**	**ईच्या**	**पाक**	**ळ्याऽ**	ऽऽ	ऽऽ
	गर्म ग	रे ग सा	ग–	मप	सांनि	पमरेसा	गरे	––
	ऽऽ	ऽऽ	**दंव**	**अजू**	ऽऽ	ऽऽ	ऽऽ	**ऽन**
	––	––	रेम	पध	––	––	पधप	ग–
	सलतंय	**गंऽऽऽ ऽऽ**	**में**	**दीच्या**	**पाना**	**वर**	ऽऽ	ऽऽ
	रे ग	गमग गरेसा	रे	नि़सा	रे म	ग ग	––	––
	मन	**अजू**	ऽऽ	ऽऽ	ऽऽ	**ऽन**	**झुलते**	**गंऽ**
	मग	सागु	––	––	––	गम	गम ग	रेग सा
झुळझुळतो	**अंग**	**णात**	**तोच**	**गार**	**वारा**	ऽऽ	ऽऽ	ऽऽऽऽ
गम प	सां–	सांसां	सांसां	सारें	निनि	––	नि–	नि़निसांनि
	––	––	**झुळ**	**झुळतो**	**अंग**	**णात**	**तोच**	**गार**
			ग–	मप	सां–	सांसां	सांसां	सारे
	वारा	ऽऽ	ऽऽ	**आ ऽऽ ग**	––	––	**हुळ**	**हुळतो**
	निनि	––	नि	निनिसांनि	––	––	ग–	मप
	तुळ	**शीचाऽ**	ऽऽ	ऽऽ	ऽऽ	ऽऽ	**अजुन**	**देह**
	सा	नि पग	रे सा	ग रे	––	––	रे म	प ध

	+		०		+		०	
	सारा	**ऽऽ**	**ऽऽ**	**ऽऽ**	**ऽऽ**	**ऽऽऽ**	**ऽऽ**	**ऽऽ**
	ध ध	--	--	प ग	रे ग	गमग	ग रे	सा ।।१।।
							अजुन	**तुझे**
							सारे	ग ग
	हळदी	**चे ऽऽऽ**	**अंग**	**अंग**	**पिवळे गं ऽऽ ऽऽऽ ऽऽ**		**अजुन**	**तुझे**
	ग ग	गमग रे	नि रे	म म	मम पधप	गमगरेसा	सारे	ग ग
	हळदी	**चे ऽ**	**अंग**	**अंग**	**पिवळे**	**गं ऽऽऽऽ**	**अजुन**	**तुझ्या**
	ग ग	गमग रे	नि रे	म म	म म	पधप ग	ध ध	ध ध
	डोऽळ्याऽ तील		**ऽ मोठे पण**		**कवळे**	**गंऽ**	**कवळे गं ऽऽ ऽ**	
	पग गरे	रेसा	सां सांनि ध प		नि धप	म-	रे ग गमगगरेसा ।।२।।	

टीप : या नंतर धृवपदांच्या दोन्ही ओळी पूर्ण वाजवाव्यात व त्यानंतर खालील प्रमाणे या गीताचा शेवट करावा.

मेंदीच्या	**पाना**	**वर**	**ऽऽ**	**ऽऽ**	**ऽऽ**	**मन**	**अजू**	**ऽऽ**
रे निसा	रे म	ग ग	--	--	--	मग	सा ग	--
	ऽऽ	**ऽऽ**	**ऽऽ**	**ऽन**				
	--	--	--	गमं				
ठेक्या		--	--	--	**झुल ते**	**गऽ**	**ऽ ऽ**	
शिवाय					ग मं ग	रे ग	सा-	

♫ ♫ ♫ ♫

२३

झुलवू नको हिंदोळा

गायिका : माणिक वर्मा, कवी : ग. दि. माडगूळकर,
संगीत : सुधीर फडके, सिनेमा : उमज पडेल तर

घननीळा लडिवाळा झुलवू नको हिंदोळा ।।धृ।।

सुटली वेणी केस मोकळे
धूळ उडाली भरले डोळे
काजळ गाली सहज ओघळे
या साऱ्याचा उद्या गोकुळी होईल अर्थ निराळा ।।१।।

सांज वेळ ही आपण दोघे
अवघे संशय घेण्या जोगे
चंद्र निघे बघ झाडा मागे
कालिंदीच्या तटी खेळतो गोपसुतांचा मेळा ।।२।।

♫ ♫ ♫ ♫

२३

झुलवू नको हिंदोळा

राग : मिश्र, ताल : कव्वाली,

बोल (८ मात्रा) धाधिं धाकि तक्र

धातिं धाकि तक्र (मध्यम आधार स्वर धरुन)

	+	०	+	०
ठेक्या शिवाय	– आलाप			
	ऽऽ ऽऽ ऽ	ऽ ऽऽ ऽ	ऽ ऽऽ ऽऽ	ऽ
	सा रेसा नि़–सा	ग गुग मंपमं ग	मंपमं गु ग सा गु	सा–
	घन नीऽ ळा ऽ	**ल डि वाऽऽ ळाऽ**	**झुल वू न**	**को ऽऽऽऽ हिं**
	प़ नि़ सा ग ग–	ग ग गमंप प मंपगं	गगु ग मं	गगु मं गगु सा
	दोऽ ळाऽ	**आऽऽऽ रेऽ**	**झुल वू न**	**कोऽऽऽऽ हिं**
	सा– सा–	सारेसानि़ साग	ग ग ग मं	गगु मंगगु सा
	दो ळा	**आऽऽऽ घन**	**नीऽ ळाऽ**	**ऽऽ लडि**
	सा सा	सानि़ध़प़ प़ नि़	साग ग–	–– गगु
	वाऽऽ ळाऽ	**आऽ ऽऽ**	**झुल वून**	**कोऽऽऽऽ हिं**
	गमंप प–	मंध पमं गमंग	गगु गमं	गगुमंगगु सा
	दोऽ ळाऽ	**आऽऽऽऽ ऽऽऽ**	**झुल वूऽनऽ**	**कोऽऽऽऽ हिं**
	सा– सा–	गमंधपमं गमंग	साग मंध पमं	गगुमंगगु सा
	दो ळा	**ऽऽ ऽऽ**	**ऽसुट लीऽ**	**वेऽ णीऽ**
*वाद्यावर	सा सा	*गमंगग सागुसानि़	प़ पनि़ साग	ग– ग–
	केऽ स मोऽऽऽऽ	**ऽक ळेऽ**	**धूऽ ळ उ**	**डाऽऽऽऽ लीऽ**
	गुग सा सागुमंगगु	–सा –नि	पनि़ साग	गमं पमंप ग–
	भर लेऽऽऽऽ	**डोऽ ळेऽ**	**काऽ जळ**	**गाऽ लीऽ**
	गुग सागुमंगगु	सा– सा–	साग गग	सागमंप प–
	ऽसह जऽ	**ओऽ घळे**	**याऽ साऽ**	**न्याऽऽऽ चाऽ**
	प मं प मं ग–	साग गग	प– प–	मंपनिध प–
	उद्या ऽगोऽऽऽ	**ऽकु ळीऽ**	**होऽ ईल**	**अऽऽऽऽऽ र्थ नि**
	मंप ग गमंध	प मं ग–	गगु गमं	गमंग गु ग गु सानि़
	राऽऽऽ ऽऽऽऽ	**लाऽऽऽ ऽऽ**	**झुल वू न**	**कोऽऽऽऽ हिं**
	सागगमं मंध पमं	गमंगगु गमं प	गगु गम।	गगुमंगगु सा

	+		○		+		○	
	दोऽ	ळाऽ	आऽऽऽ	ऽऽ	झुल	वून	कोऽऽऽऽ	हिं
	सा–	सा–	मंधपमं	गमंग	साग	मंप	गगमंगग	सा
	दोऽ	ळाऽ	ऽऽ	घन	नीऽ	ळाऽ	ऽघन	नीऽळाऽ
	सा–	सा–	––	प़ नि़	साग	ग	–गग	सा(ग)–सासा
	घन	नीऽऽऽऽ	ळाऽ	ऽऽ	घन	नीऽऽऽऽ	ळाऽ	ऽऽ
	साग	गमं धपमं	गमं	ग–	गमं	गमंगगसा	साग	सा–
	घन	नीऽ	ळाऽ	ऽऽ	लडी	वाऽऽ	ळाऽ	आऽऽऽ
	प़ नि़	साग	ग–	––	गग	गमं प	प–	मंध पम
	ऽऽऽ	झुल	वून	कोऽऽऽऽ	हिंऽ	दोऽ	ळा	ऽऽ
	गमंग	गग	गमं	गगमंगग	सा–	सा–	सा–	––॥१॥
वाद्या	पध	पमं	गमं	गरे	सानि़	––	साग	मंप
वरती	गगमंगग	सा	सा–	सा	पमं	गग	गमं	प–
	सांऽ	जऽ	वेऽऽ	ळही	आऽ	पण	दोऽ	घेऽ
	ग–	ग–	गमंप	पप	पम	गसा	ग–	ग–
	अव	घेऽ	संऽऽऽ	शय	घेऽऽ	ण्याऽ	जोऽ	गेऽ
	पप	प–	मंपनिध	पप	मं पमं	गग	साग–	ग–
	सांऽ	जऽ	वेऽऽ	ळही	आऽऽऽ	ऽऽऽऽ	ऽऽऽऽ	ऽऽऽऽऽ
	ग–	ग–	गमं प	पप	गमं पध	निध पमं	मंध पमं	ग(मं)ग सानि
	आऽऽऽ	ऽऽ	ऽऽ	ऽऽऽऽ	सांऽ	जवे	ऽळ	हीऽ
	सापमंग	ग–	––	गगमंप	प–	गप	–प	प–
	आऽ	पण	दोऽ	घेऽ	अव	घेऽ	संऽऽऽ	शय
	पमं	गसा	ग–	ग–	पप	प–	मंपनिध	पप
	घेऽ	ण्याऽ	जोऽ	गेऽ	चंऽ	द्र नि	घेऽऽऽ	बऽघ
	पमं	गसा	ग–	ग–	ग–	गमं	गमंगग	सारे नि़
	झाऽऽ	डाऽऽ	माऽऽ	गेऽऽऽऽ	काऽ	लींऽ	दीऽऽऽ	च्याऽ
	साग ग	ग मंग	मं पमं पध पमंग		प–	प–	मंपनिध	प–
	तटीऽ	खेऽऽऽ	ळऽ	तोऽ	गोऽ	पसु	ताऽऽऽऽ	चाऽ
	मंप ग	गपमंध	पमं	ग–	गग	गमं	गग मंगग	सानि़
	मे ऽऽऽ	ऽऽऽऽ	ळाऽऽऽ	ऽऽऽ	झुल	वून	कोऽऽऽऽ	हिं
	साग गमं	मंध पमं	गमंगग	गमं प	गग	गमं	गगमंगग	सा

	+		○		+		○	
	दोऽ	ळाऽ	--	--	--	--	--	--
	सा-	सा-	पध	पर्म	गर्म	गरे	सानि	साग
वाद्यावर	--	-----	--	--	--	--	--	--
	र्मप	गगुर्मगगु	सा-	सा-	सा-	--	--	--
	घन	नीऽ	ळाऽ	ऽऽ	ऽऽऽऽ	ऽऽऽ	ऽऽऽऽऽ	ऽऽऽऽऽ
	पुनि	साग	ग-	--	गर्मधनि	र्मनिध	धर्मधनिध	र्मगर्मधर्म
	ऽऽऽऽऽ	ऽऽऽऽ	ऽऽऽऽऽऽ	ऽऽऽऽऽ	ऽऽ	घन	नीऽ	ळाऽ
	गगुगर्मग	सागसानि	साप	र्मधपर्म	गगु गर्मग	गसा निसा	प नि	साग ग-
	लडी	वाऽ	ऽऽ	ऽऽ	ऽऽ	लडी	वाऽ	ळाऽऽऽ
	पप	प र्मप	र्मप	निधप	गगु गर्मग	गर्म	गर्मगगुसा	निसानिधप
	घन	नीऽ	ळाऽ	लडी	वाऽऽ	ळाऽ	ऽऽऽऽ	ऽऽ
	पनि	साग	ग-	गगु	गर्मप	प-	र्मधपर्म	गर्मग
	झुल	वून	कोऽऽऽ	ओऽ	झूल	वूऽन	कोऽऽऽऽ	ओऽ
	गगु	गर्म	गर्मगगु	सागु	गगु	गपर्म	गर्मगगुग	सागु
	झुल	वून	कोऽऽऽऽ	हिं	दोऽ	ळाऽ	ऽऽऽऽ	ऽऽऽऽ
	गगु	गर्म	र्गमगगु	सा-	सा-	सा-	गर्मपध	निधपर्म
	ऽऽ	ऽऽ	झुल	वून	कोऽऽऽऽ	हिं	दो	ळा
	र्मधपर्म	गगुसानि	साग	र्मप	गगुर्मगगु	सा	सा	सा ।।२।।

२४

या जन्मावर या जगण्यावर

कवी : मंगेश पाडगावकर, संगीत : यशवंत दत्त

गायक : अरूण दाते,

या जन्मावर या जगण्यावर शतदा प्रेम करावे।।धृ।।

चंचल वारा या जलधारा भिजली काळी माती
हिरवे हिरवे प्राण तशी ही रूजून आली पाती
फुले लाजरी बघुनी कुणाचे हळवे ओठ स्मरावे ।।१।।

रंगाचा उघडुनिया पंखा सांज कुणी ही केली
काळोखाच्या दारावरती नक्षत्रांच्या वेली
सहा ऋतूंचे सहा सोहळे येथे भान हरावे ।।२।।

बाळाच्या चिमण्या ओठातून हाक बोबडी येते
वेलीवरती प्रेम प्रियेचे जन्म फुलांनी घेते
नदीच्या कांठी सजणासाठी गाणे गात झुरावे ।।३।।

या ओठांनी चुंबुन घेईन हजारदा ही माती
अनंत मरणे झेलुन घ्यावी इथल्या जगण्यासाठी
इथल्या पिंपळ पानावरती अवघे विश्व तरावे ।।४।।

♬ ♬ ♬ ♬

२४

या जन्मावर या जगण्यावर

शुद्ध बागेश्रीचे आरोह : साग मध निसां
राग : बागेश्री, अवरोह : सांनि धम पध मग रेसा, ताल : जलद केरवा

सुरुवातीचे पार्श्वसंगीत

मधपमप– । मगम–। सा ऩि ध़ प़ म़ प़ ध़––। पमप – मगम–।
ध सां। धनिसारें – निपगप निरेंसा ––। पम रेम धसांनि––।
पगसाग पनिध–नि–सां––

+	२	०	४	+	६	०	८
याऽ	**जन्म**	**माऽ**	**वर**	**याऽ**	**जग**	**ण्याऽऽऽ**	**वर**
ध़	ऩिसा	सा–	रेसा	ध़	ऩिरे	रेसा ऩिरे	रेरे
शत	**दाऽऽऽ**	**प्रेऽऽ**	**मक**	**राऽ**	**वेऽ**	**ऽ**	**ऽ**
ऩिरे	गुप मप	रे गुरे	साऩि	रे सा	सा–	––	––
शत	**दाऽ**	**प्रेऽ**	**मक**	**राऽ**	**ऽऽ**	**वेऽ**	**ऽ–ऽ**
मम	म–	ग–	सासा	रे–	गुम गुम	रे–	ऩिसा ऩिध़
याऽ	**जन्म**	**माऽ**	**वर**	––	––	––	––
ध़–	ऩिरे	रेसा	सासा				।।धृ।।
चंऽ	**चल**	**वाऽ**	**राऽ**	**याऽ**	**जल**	**धाऽ**	**राऽ**
म–	धप	ध–	धपम	म–	धप	ध–	ध पम
भिज	**लीऽ**	**काऽ**	**ळीऽ**	**माऽ**	**तीऽ**	**ऽ**	**ऽ**
मप	गु–	मनि	धप	म–	म–		
हिर	**वेऽ**	**हिर**	**वेऽ**	**प्राऽ**	**णत**	**शीऽ**	**हीऽ**
रेरे	रे–	रेरे	रे–	रे–	रेरे	रे–	रे साऩि
रूजू	**ऽन**	**आऽ**	**लीऽ**	**पाऽ**	**तीऽ**	**ऽ**	**ऽ**
निरे	–रे	गुप मप	गु रेसा	सा–	सा–	––	––
फुले	**ऽला**	**ऽज**	**रीऽ**	**बघु**	**नीकु**	**णाऽ**	**चेऽ**
ध़ ध़	–ऩि	ध़ऩि	रेसा सा	सारे	ऩि ऩि	सा ऩिसा	मरे

+	२	०	४	+	६	०	८
हळ	**वेऽ**	**ओऽ**	**ठस्म**	**राऽ**	**वे ऽ**	**ऽऽ**	**ऽऽऽऽऽ**
साग	ग–	ग–	गम	प धप	म पम	ग मग	रेसारे ऩिसा
ऽरं	**गांऽ**	**चाऽ**	**ऽऽ**	**उघ**	**डुनियाऽ**	**पंऽ**	**खाऽ**
–सा	रेम	म–	––	मम	पध मप	म–	म–
सांऽ	**जकु**	**णीऽ**	**हीऽ**	**केऽ**	**लीऽ**	**ऽऽ**	**ऽऽ**
प–	मरे	ऩि–	सारे	म–	म–	––	––
काऽ	**ळोऽ**	**खाऽ**	**च्याऽ**	**दाऽ**	**राऽऽ**	**वर**	**तीऽ**
रे–	रे–	रे–	रे–	रे–	ग पम	सासा	सा–
नऽ	**क्षऽ**	**त्रांऽ**	**च्याऽ**	**वेऽऽ**	**लीऽ**	**ऽऽ**	**ऽऽ**
सा–	सा–	ऩि रे	सा	नि साऩि	ध़–	––	––
सऽ	**हाऽ**	**ऽऽ**	**ऋ**	**तूऽ**	**ऽऽ**	**चेऽऽ**	**ऽऽ**
म–	ध–	––	ध–	ध–	––	ध पम	––
सऽ	**हाऽ**	**ऽऽ**	**ऽऽ**	**सोऽ**	**हऽ**	**ळेऽऽ**	**ऽऽ**
म–	मप	धनि	––	निध	पम	म धप	मग
येऽ	**थेऽ**	**भाऽ**	**नह**	**राऽ**	**वेऽ**	**ऽऽ**	**ऽऽऽऽऽ**
ग–	ग–	ग–	मप	प धप	म पम	ग मग	रेसारे ऩि सा ।।२।।
बाऽ	**ळाऽ**	**च्याऽऽ**	**चिम**	**ण्याऽ**	**ओऽ**	**ठाऽऽऽ**	**तुन**
मग	रेसा	ऩिध़ पध़	म़म़	प़–	प़–	प़ध़ प़सा	ऩिध
ऽहा	**कबो**	**ब**	**डीऽ ऽऽ**	**येऽ ऽऽ**	**ऽऽ ऽऽ**	**तेऽ**	**ऽऽ**
ध	ऩिरे	–रे	रेग रेऩि	ऩिरे रेग	गप मग	रे–	––
वेऽ	**लीऽ**	**वर**	**तीऽऽऽ**	**प्रेऽ**	**मप्रि**	**येऽ**	**चे ऽ**
ग–	मप	पप	धप मग	ग–	मप	म–	म गरे
जऽ	**न्मऽ**	**फुऽ**	**लांऽ**	**ऽऽ**	**निऽ**	**घेऽ**	**तेषऽ**
ऩिरे	रे–	रे–	रेग	म–	गरे	सा–	सा–
नदी	**च्याऽ**	**कांऽ**	**ऽठी**	**सज**	**णाऽ**	**साऽ**	**ऽठी**
ध़ ध़	ऩिरे	सा–	–सा	ऩिरे	साम	रे–	–रे
–गा	**ऽणे**	**गा**	**त झु**	**राऽ**	**वेऽ**	**ऽऽ**	**ऽऽऽऽऽ**
ग	–ग	ग–	मप	प धप	म पम	ग मग	रेसारे ऩि सा ।।३।।

+	२	०	४	+	६	०	८
याऽ	**ओऽ**	**ठांऽ**	**नीऽ**	**चुंऽ**	**बुन**	**घेऽ**	**ईन**
सा	रेम	म	म	पध	मप	म–	मम
हजा	**ऽर**	**दाऽ ऽऽऽ हीऽ**		**माऽ**	**तीऽ**	––	––
रे रेप	म	रेसा ऩिसाऩिसारे		म	म	––	––
अनं	**ऽत**	**मर**	**णेऽ**	**झेऽ**	**लुन**	**घ्याऽऽ**	**वीऽ**
रेरे	–रे	रेरे	रे	रे	ग पम	गरे सा	सा
इथ	**ल्याऽ**	**जग**	**ण्याऽ**	**साऽऽ**	**ठीऽ**	ऽ	ऽ
ऩिसा	सा	ऩि रे	रे सा	ऩिसा ऩि	ध़	––	––
ऽइथ	**ल्याऽ**	**ऽपिं**	**पळ**	**पाऽ ऽऽ**	**ऽना**	**वर**	**तीऽ ऽऽ**
मध	ध	–ध	धम	मप धऩि	–ऩि	धम	मध पमग
ऽअव	**घेऽ**	**ऽवि**	**श्वत**	**राऽ**	**वेऽ**	**ऽऽ**	**ऽऽऽऽऽ**
साग	ग–	–ग	गम	प धप	म पम	ग मग रेसारे ऩिसा	
							।।४।।

♫ ♫ ♫ ♫

२५

सांज ये गोकुळी

कवी : सुधीर मोघे, संगीत : श्रीधर फडके

गायिका : आशा भोसले, सिनेमा : वजीर

सांज ये गोकुळी सावळी सावळी
सावळ्याची जणू साऊली।।धृ।।

धूळ उडवीत गायी निघाल्या
शाम रंगात वाटा बुडाल्या
परतती त्या सवे पांखरांचे थवे
पैल घंटा घुमे राऊळी ।।१।।

पर्वतांची दिसे दूर रांग
काजळाची जणू दाट रेघ
होई डोहातले चांदणे सावळे
भोवती सांवळ्या चाहुली ।।२।।

माऊली सांज अंधार पान्हा
विश्व सारे जणू होय कान्हा
मंद वाऱ्यावरी वाहते बासरी
अमृताच्या जणू ओंजळी ।।३।।

♫ ♫ ♫ ♫

२५

सांज ये गोकुळी

राग : पूर्व कल्याण

	+		०		+		०	
मुक्त आलाप	मं--- ग---- ध--- मं^प^मं---ग^मं^ग--							
	निसामं गमं प-- मंप--पमं रे --- मंग रे सा---							
ठेक्या	**सां**	**ज**	**--**	**येऽऽ**	**गोऽऽऽ**	**कु**	**ळी**	**--**
शिवाय	ग	मं	--	ग^मं^ग	गरे सारे	सा	सा	--
	सा	**व**	**ळी**	**--**	**साऽऽ**	**व**	**ळी**	**--**
	नि	नि	मं	--	मं गरे	रे	ग	--
			सां ऽ	**ज**	**ये**	**ऽऽ**	**गोऽ ऽऽ कु**	
			ग –	मं	ग	--	गरे सारे सा	
ठेका	**ळी ऽ**	**ऽ**	**सा ऽ**	**व**	**ळी ऽऽ**	**ऽऽ**	**सा ऽऽ**	**व**
सुरू	सा –	–	नि़ –	नि़	मं ^ग^मं	^ग^मं	मं पमं	रे
	ळी ऽ	**ऽ**	**सा ऽ**	**व**	**ळ्या ऽ**	**चीऽ**	**ऽऽ ऽ**	**ऽऽ**
	ग –	–	मं –	ध	मंध –	मंध	निरें सां निसांनि	
	ज णू	**ऽ**	**सा ऽ**	**ऊ**	**ली ऽ**	**ऽ**	**ऽ**	**ऽ ऽ**
	ध प	मं	ग रे	रे	ग –	–	–	– –
	सां	**ज**	**ये ऽ**	**ऽ**	**गोऽ ऽऽ**	**कु**	**ळी**	**--**
	ग	मं	ग –	–	गरे सारे	सा	ग	--
	सा ऽ	**व**	**ळी**	**ऽऽ**	**सा ऽऽ**	**व**	**ळी**	**ऽऽ**
	नि –	नि	मं	--	मं पमं	रे	ग	--॥धृ॥
	धू ऽ	**ळ**	**उ ऽ**	**ड**	**वी ऽ**	**त**	**गा**	**ऽऽ**
	सा –	रे	ग –	ग	ग –	ग	म	गरे
	ई ऽ	**नि**	**घा ऽ**	**ऽ**	**ल्या**	**ऽऽ**	**– –**	**–**
	रे प	प	म ग	–	ग	--	– –	–
	शा ऽ	**म**	**रं ऽ**	**ऽ**	**गा ऽ**	**त**	**वा**	**ऽ ऽ**
	प –	नि	सां नि	ध	प ग	ग	सा	– –

+			○			+			○		
टा	ऽ	**बु**	**डा**	ऽ	ऽ	**ल्या**	ऽ	ऽ	–	–	–
रे	–	रे	प	–	–	प	–	–	–	–	–
प र		**त**	**ती**	ऽ	ऽ	**त्या**	ऽऽ	**स**	**वे**	ऽ	ऽ
म॑ म॑		ध	म॑	ध	म॑	म॑	पम॑	ग	म॑	–	–
पां	ऽ	**ख**	**रां**	ऽ	ऽ	**चेऽ**	ऽ	**थ**	**वे**	–	–
म॑	–	म॑	प	–	म॑	गरे	सा	सा	रे	–	–
पै	ऽ	**ल**	**घं**	ऽ	ऽ	**टाऽ**	ऽऽऽ	ऽऽऽ	**घु**	**मे**	ऽ
म॑	–	ध	म॑	–	–	म॑ध	निरेंसा	निसांनि	ध	प	म।
रा	ऽ	**ऊ**	**ळी**	ऽ	ऽ	ऽ	ऽ	ऽ	ऽ	ऽ	ऽ
ग	रे̱	रे̱	ग	–	–	–	–	–	–	–	–
											॥१॥
प	ऽ	**र्व**	**तां**	ऽ	**ची**	**दि**	ऽ	ऽ	**से**		ऽऽ
सा	–	रे	ग	–	ग	ग	प	–	म		गरे
दूऽऽऽर		**रां**	ऽ	ऽ	**ग**	ऽ	ऽ	–	–	–	
रेप	मप	प	म	ग	–	ग	–	–	–	–	–
का	ऽ	**ज**	**ळा**	ऽ	ऽ	**ची**	**ज**	ऽ	**णू**	ऽ	ऽ
प	–	नि	सां	नि	ध	प	ग	–	सा	–	–
दा	ऽ	**ट**	**रे**	ऽ	ऽ	**घ**	ऽ	ऽ	–	–	–
रे	–	रे	प	–	–	प	–	म॑	–	–	–
हो	ऽ	**ई**	**डो**	ऽ	ऽ	**हा**	ऽ	**त**	**ले**	ऽ	ऽ
म॑	–	म॑	म॑	ध	म॑	म॑प	म॑	ग	म॑	–	–
चां	ऽ	**द**	**णे**	ऽ	ऽ	**साऽ**	ऽ	**व**	**ळे**	ऽ	ऽ
म॑	–	म॑	प	–	–	पमग		सा	रे	–	–
भो	ऽ	**व**	**ती**	ऽ	**साऽ**	ऽऽ	ऽ	ऽ	**व**	**ळ्या**	ऽ
म॑	–	ध	म॑	ध	म॑ध	निरें	सां	नि	ध	प	म॑
चा	ऽ	**हु**	**ली**	ऽ	ऽ	–	–	–	–	–	–
ग	रे̱	रे̱	ग	–	–	–	–	–	–		– ॥२॥
मा	ऽ	**ऊ**	**ली**	ऽ	ऽ	**सां**	ऽ	**ज**	**अं**	ऽ	ऽ
सां	सां	–	नि	–	–	प	–	ग	सा	–	–

	+	०	+	०
	धा ऽ र	पाऽ ऽ ऽऽ	न्हा ऽ ऽ	– – –
	रे – रे	म॑ध प म॑प	म॑ – –	– – –
	वि ऽ श्व	सा ऽ ऽ	रे ऽ ऽ	जऽ ऽ णू
	रे – रे	म॑ ध म॑	ध नि ध	निसां नि धप
	हो ऽ य	का ऽ ऽ	न्हाऽऽ ऽऽ ऽऽ	ऽ ऽ ऽ
	ध – ध	सां – –	निध निध पम॑	– – –
	मं ऽ द	वा ऽ ऽ	न्या व	री ऽ ऽ
	म॑ – म॑	म॑ ध म॑	म॑प म॑ ग	म॑ – –
	वा ऽ ह	ते ऽ ऽ	बांऽ ऽ स	री ऽ ऽ
	म॑ – म॑	प – म॑	गरे सा सा	रे – –
	अ ऽ मृ	ता ऽ ऽ	च्याऽ ऽऽ ऽऽ	ज णू ऽ
	म॑ – ध	म॑ ध –	म॑ध निरें सांनि	ध प म।
	ओं ऽ ऽ	ऽ ज ळी	ऽ ऽ ऽ	ऽ ऽ ऽ
	ग रे –	– रे̱ ग	– – –	– – ।।३।।
	सांज ये गोकुळी	– (वरीलप्रमाणे)		
	सा ऽ व	ळी ऽ ऽ	साऽ ऽ व	ळी ऽ ऽ
	नि̣ – नि̣	म॑ (ग)म̣ (ग)म̣	म॑गरे̱ रे̱	ग – –
ठेक्या शिवाय	ऽ ऽ ऽ	ऽऽ ऽऽ		
	रे̱ ग रे̱	म॑ग रे̱-- सा--	--	

२६

रुपेरी वाळूत माडांच्या बनात

कवी : शांताराम नांदगावकर, संगीत : अनिल – अरुण

गायिका : आशा भोसले

रुपेरी वाळूत मांडांच्या बनात ये ना
बनात ये ना जवळ घे ना
चंदेरी चाहूल लावीत प्रीतीत ये ना
प्रीतीत ये ना जवळ घे ना ।।धृ।।

बेधुंद आज आसमंत सारा
कुंजात गात मंद धुंद वारा
दाटे उरी प्रिया तुझा इशारा
देहावरी फुले असा शहारा ।।१।।
तुझा इशारा--- असा शहारा ---

लाजेत आज ही फुले नहाती
गाली अनार प्रीत गीत गाती
तू ये निशा अशी करी पुकारा
दे ये प्रिया मला तुझा निवारा ।।२।।

तुझा निवारा --- तुझा निवारा ---

♫ ♫ ♫ ♫

२६

रुपेरी वाळूत माडांच्या बनात

आरोह : साग रेग पध निसां

अवरोह : सांनि धनि धप मगम रेसा,

राग : अ. बिलावल वर आधारित, ताल : जलद केरवा

	+		०		+		०	
पार्श्व	–प	म	ग	रे	ऽप	गरे	साग	प
संगीत	**रुपेरी**	**वाळूत**	**मांडांच्या**	**बनात**	**येऽ**	**नाऽ**		
	ग पम	म पग	ग पम	रे पम	पम	ग–		
वाद्य	––	––	––	––	––	–निध	पनि धप	रेपमग
	रुपेरी	**वाळूत**	**माडांच्या**	**बनात**	**येऽ**	**नाऽ**		
	ग पम	म पग	ग पम	रे पम	पम	ग–		
बनात	**येऽ**	**नाऽ**	**ऽऽ**	**जवळ**	**घेऽ**	**नाऽ**		
ग मप	मप	नि़	–	नि़ रेरे	गरे	सा	– गग(वाद्यावर)	
वनात	**येऽ**	**नाऽ**	**ऽऽ**	**जवळ**	**घेऽ**	**नाऽ**		
ग मप	मप	नि़	–	नि़ रेरे	गरे	सा		
वाद्यावर	––	––	––	––	––	––	गमपध	निसांरेंगं
	चंदेरी	**चाहूल**	**लावीत**	**प्रीतीत**	**येऽ**	**नाऽ**		
	ग पम	म पग	ग पम	रे पम	पम	ग–		
वाद्य	––	––	––	––	––	–निध	पनि धप	रेपमग
	चंदेरी	**चाहूल**	**लावीत**	**प्रीतीत**	**येऽ**	**नाऽ**	––	––
	ग पम	म गप	ग पम	रे पम	पम	ग–	––	––
प्रीतीत	**येऽऽ**	**नाऽ**	**ऽऽ**	**जवळ**	**घेऽऽ**	**नाऽ**		
गमप	म पम	नि	–	नि़ रेरे	गरे सा	सा–	––	––
प्रीतीत	**येऽ**	**नाऽऽऽ**	**ऽऽ**	**जवळ**	**घेऽऽ**	**ना–**		
गम धप	गरे––	रेनि़ध़प़	ध़प़	नि़ रेरे	गरे सा	सा–		
बे	**धुंद**	**आज**	**आ स**	**मंत**	**साऽ**	**राऽ**		
ग	सांसां	सांनिनि	नि धध	धग	पम	ग–		
वाद्य	––	––	––	––	––	––	निसांरेंनि	धमग
कुंजा	**ऽत**	**गात**	**मंद**	**धुंद**	**वाऽ**	**राऽ**		
गग	रेंरें	रेंनिनि	नि धध	ध मग	धम	म–		
वाद्य							धसांगंसां धप	मपम

	+		०		+		०	
दा	**टे उ**	**री प्रि**	**या तु**	**झा इ**	**शाऽ**	**राऽ**		
ग	सां सां	नि नि	ध ध	ध ग	म	ग		
वाद्यावर	--	--	--	--	--	--	निसांरेंसां	धम ग
दे	**हाऽव**	**री फु**	**ले अ**	**सा ऽ श**	**हाऽ**	**राऽ**	**ऽऽ**	**ऽऽ**
ग	गरें रें	रें नि	नि ध	धम ग	पम	म-	--	--
तुझा इ	**शाऽ**	**राऽ**	**ऽऽ**	**असा श**	**हाऽ**	**राऽ**	**ऽऽ**	**ऽऽ**
मपध	पध	रे	--	साम म	मग	ग-	-	-।।१।।
ला	**जेऽ त**	**आज**	**ही फु**	**ले न**	**हाऽ**	**तीऽ**		
ग	गसां सां	सां निनि	नि धध	ध धग	मग	ग-		
वाद्यावर	--	--	--	--	--	--	निसांरेंनि	धम ग
गा	**ली अ**	**नार**	**प्रीत**	**गीत**	**गाऽ**	**तीऽ**		
ग	रेंरें	रें निनि	नि धध	ध मग	धम	म-		
वाद्यावर	--	--	--	--	--	--	धसांगंसां	धप मपम
तू	**ये दि**	**सा अ**	**शी क**	**री पु**	**काऽ**	**राऽ**		
ग	सां सां	नि नि	ध ध	ध धम	गम	गग		
वाद्यावर	--	--	--	--	--	--	निसांरेंसां	धम ग
वे	**गेऽ प्रि**	**या म**	**ला तु**	**झा नि**	**वाऽ राऽ**	**ऽऽ**	**ऽऽ**	**ऽऽ**
ग	गरें रें	रें नि	नि ध	धम ग	धम	म-	-	-
तुझा नि	**वाऽ**	**राऽ**	**ऽऽ**	**तुझा नि**	**वाऽ**	**राऽ**	**ऽऽ**	**ऽऽ**
मपध	पध	रे-	--	साम म	मग	ग-		।।२।।
	रुपेरी	**वाळूत**	**माडांच्या**	**---**				

टीप : १) समेच्या आधी उचललेले शब्द समासात दिले आहेत.

२) या रागाच्या स्वरलिपीत नसलेल्या कोमल ध चा उपयोग या गीतात केलेला दिसतो.

२७

शारद सुंदर चंदेरी राती

कवयित्री : शांता शेळके, संगीत : हेमंत भोसले,

गायिका : आशा भोसले

शारद सुंदर चंदेरी राती स्वप्नांचा झुलतो झुला
थंड या हवेत घेऊन कवेत साजणा झुलव मला
साजणा रे मोहना रे ऐक ना रे
तुझ्याच साठी रे तुझ्याच साठी सगे सोयरे मी सांडिले पाठी ।।धृ।।

मोहन मधुर राती भराला येऊ दे प्रीती
प्रीतीची हीच ना रिती कशाला कुणाची भीती
झाडामागे चांद हा वरती आला
येना येना आतुर जीव हा झाला
मी भुलावे स्वैर व्हावे गीत गावे ।।१।।

वाऱ्यात लहर मंद, फुलांचा मादक गंध
मोगरा चमेली कुंद, जीवाला करिती धुंद
माझ्या देही पुनव चांदणे साजे
प्राणामध्ये प्रीतीची पावरी वाजे
आज राया धुंद काया मोहवाया ।।२।।

♫ ♫ ♫ ♫

२७

शारद सुंदर चंदेरी राती

राग : मिश्र,

ताल : जलद केरवा,

	+		○		+		○	
ठेक्या	**शारद**	**सुंदर**	**चंदेरी**	**रातीऽऽ**	**लालाऽऽ**	**लाला**	**लालाऽऽलाला**	
शिवाय	ममम	ममम	मगग	मध–	मध––	मंमं	मंमं–	धमंम
पार्श्व	सा+म	सा+म	सा+म	सा+म	सामं	सामं	––	–मम
संगीत								
	शारद	**सुंदर**	**चंदेरी**	**राती**	**स्वप्नांचा**	**झुलव**	**झुला**	**ऽऽ**
	मम म	मम म	मग ग	म ध	मंमं मं	मंमं ध	मं म	–
	थंड या	**हवेत**	**घेऊन**	**कवेत**	**साजणा**	**झुलव**	**मला**	**ऽऽ**
	मम म	मम म	मग ग	म धध	मं मंमं	मंम ध	मंम	–
साज	**णारे**	**मोह**	**नारे**	**ऐक**	**नारे**	**ऽऽ**	––	––
धनि	रें रें	निध	मंमं	धमं	मम	––	––	––
वाद्यसंगीत	––	––	––	––	––	गुं–रेंसां	नि–धमं	मं–गु रे
	तुझ्याच	**साठी रे**	**तुझ्याच**	**साठीऽ**	**सगे सो**	**यरे मी**	**सांडिलेपाठी**	
	ध धध	ध धसां	प सांध	ध धसां	सांसां नि	ध धप	प धप	मं मं
								॥धृ॥
वाद्यावर	रेरे	मं	रेरे	मं	रेरे	म	रेरे	म
	तुझ्याच	**साठी रे**	**तुझ्याच**	**साठीऽ**	**सगे सो**	**यरे मी**	**सांडिलेपाठी**	
	ध धध	ध धसां	प सांध	ध धसां	सांसां नि	ध धप	प धप	मं मं
	ऽ	ऽ	ऽ	ऽ				
	म	म						
वाद्यावर			निरेगम	गरे मं	––	––	––	––
					शारद	**सुंदर**	**चांदेरी**	**राती**
					मम म	मम म	म गग	मध
	स्वप्नांचा	**झुलव**	**झुला**	**ऽऽ**	**थंड या**	**हवेत**	**घेऊन**	**कवेत**
	मं मंमं	मं मंध	मंम	–	मम म	मम म	मम ग	म धध
	साजणा	**झुलव**	**मला**	ऽ	ऽ	ऽ	ऽ	ऽ
	मंमं म	मंमं ध	मंम	–	–	–	–	–

+		०		+		०	
मोहन	**मधुर**	**राती**	**ऽ**	**बहराला**	**येऊ दे**	**प्रीती**	**ऽ**
ध निध	ममम	गमग	सा–	ध निध	ममम	मधप	–
प्रीतीची	**हीच ना**	**रीती**	**ऽ**	**कशाला**	**कुणाची**	**भीती**	**ऽ**
ध निध	मम म	गसा	–	ध निध	म मम	मधप	–
झाडा	**मागे**	**ऽ**	**ऽ**	**चांद हा**	**वरती**	**आला**	**ऽ**
धग	मध	–	–	नि निनि	नि निसां	निध	–
ये ना	**ये ना**	**ऽ**	**ऽ**	**आतुर**	**जीव हा**	**झाला**	**मी भु**
धग	मध	–	–	नि निनि	नि निसां	निध	धनि
लावे	**स्वैर**	**व्हावे**	**गीत**	**गावे**	**ऽ**	**ऽ**	**ऽ**
रें रें	सांनि	मंमं	धमं	मम	– –	– –	।।१।।
वाऱ्यात	**लहर**	**मंद**	**ऽ**	**फुलांचा**	**मादक**	**गंध**	**ऽ**
ध निध	मम म	गसा	–	ध निध	म मम	मधप	
मोगरा	**चमेली**	**कुंद**	**ऽ**	**जीवाला**	**करिती**	**धुंद**	**ऽ**
धनिध	म मम	गसा	–	धनिध	म मम	मधप	
माझ्या	**देही**	**ऽऽ**	**ऽऽ**	**पुनव**	**चांदणे**	**साजे**	**ऽ**
धग	मध	–	–	नि नि नि	निनिसां	नि ध	–
प्राणा	**मध्ये**	**ऽ**	**ऽऽ**	**प्रीतीची**	**पावरी**	**वाजे**	**आज**
धग	मध	–	–	नि नि नि	नि नि सां	नि ध	धनि
राया	**धुंद**	**काया**	**मोह**	**वाया**	**ऽऽ**	**ऽऽ**	**ऽऽ**
रें रें	सांनि	मंमं	धमं	मम	– –	– –	।।२।।
लालाला	लालाला	लालाला	लालाला	लालाला	लालाला	ला	ला
ममम	ममम	मगग	मधध	मं मंमं	मं मंध	मं	म
लालाला	लालाला	लालाला	लालाला	लालाला	लालाला	ला	ला
ममम	ममम	मगग	मधध	मं मंमं	मं मंध	मं	म

टीप : १) या गाण्यामध्ये परदेसी ताल वाद्य वापरले आहे.

२) या गाण्याच्या अगदी सुरुवातीला दिलेल्या पार्श्वसंगीताच्या स्वरात मध्यम दाखविला आहे. त्या ठिकाणी षडज + मध्यम असे दोन्ही स्वर सीडीमध्ये आहेत. त्याप्रमाणे एकाच वेळी दोन्ही स्वर वाजवले तर ते कानास जास्त चांगले वाटते.

♫ ♫ ♫ ♫

२८

माघाची थंडी माघाची

गायिका : रंजना जोगळेकर, कवी : प्रविण दवणे,
संगीत : यशवंत देव

माघाची थंडी माघाची । थंडीची धुंदी थंडीची
थंडीचा फुललाय काटा । अर्ध्या रात्रीला रात्रीला आता कुठ जाता ।।धृ।।

रोमारोमात चांदणं फुललं हो फुललं ।
तुमच्या मिठीत सपान फुललं।
राया कशाला, हो राया कशाला, हो राया कशाला
खिडकी मिटता। अर्ध्या रात्रीला आता कुठं जाता अर्ध्या रात्रीला ।।१।।

मला कशानं आली जाग।
भर थंडीत भिनली आग।
मन चोरून, मन चोरून, मन चोरून
मिशीत हसता । अर्ध्या रात्रीला आता कुठं जाता अर्ध्या रात्रीला ।।२।।

माझ्या शिवारी कणीस हललं हो हललं।
नव्या माघानं हो रसरसलं, हो रसरसलं।
किती व्होटानं, हो किती व्होटानं, हो किती व्होटानं
मोती टिपता । अर्ध्या रात्रीला आता कुठं जाता अर्ध्या रात्रीला।।३।।

२८

माघाची थंडी माघाची

शुद्ध कलिंगडाचे आरोह : सा रे ग म प ध नि सां,

अवरोह : सां नि ध प म ग रे सा,

राग : मिश्र कलिंगडा, ताल : केरवा (मध्यम 'सा' धरून वाजविणे)

	+		०		+		०	
	मा	घा	ची थं	डी	मा	घाऽऽऽ	ची	ऽ
	सा	रे	ग रे	सा	सा	निसारेसा	नि	–
	थं	डी	ची	धुं दी	थं	डीऽऽऽ	ची	ऽ
	सा	रे	ग	रे सा	सा	निसारेसा	नि	–
	थंडी	ऽचा	फुल	लाय	काऽ	टाऽ	ऽ	ऽ
	साध	–ध	पध	पध	म–	पम	ग	–
अर्ध्या	राऽ	त्रीऽ	ला	ऽऽ	आता	कुठं	जाता	ऽय
सासा	सा–	रे	सा–	नि–	सारे	मग	रेसा	–सा
	राऽ	त्रीऽ	ला	ऽऽ	आता	कुठं	जाता	ऽय
	सा–	सारे	सा–	नि–	सारे	मग	रेसा	–सा
	रात्री	ऽला	आता	कुठ	जाऽ	ताऽ	ऽऽऽऽ	ऽ
	धध	–प	मग	रेग	रे–	सा–	पमगरे	सा।।धृ।।
रोमा	रोमा	ऽत	चांद	ऽण	फुल	लंऽ	ऽऽ	ओऽऽ
सारे	मम	–म	मम	–म	मध	पम	गरे	गमग
	फुल	लंऽ	ऽ	रोम	रोमा	ऽत	चांद	ऽणं
	रेसा	सा	–	सारे	मम	–म	मम	–म
	फुल	लंऽ	ऽऽ	ओऽऽ	फुल	लऽ	ऽऽ	तुमच्या
	मध	पम	गरे	गमग	रेरे	सा–	–	सारे
	मिठी	ऽत	सपा	ऽन	फुल	लंऽ	ऽऽ	ओऽऽ
	मम	–म	मध	प	मम	ग–	–	मप
	फुल	लऽ	ऽऽ	तुमच्या	मिठी	ऽत	सपा	ऽन
	धप	प	–	सारे	मम	–	मध	प
	फुल	ऽल	ऽऽ	ओ	फुल	लंऽ	राया	
	मग	–ग	––	मप	धप	प–	मप	
	कशा	ऽला	ऽहो	राया	कशा	ऽला	ऽखिड	–की
	धध	–ध	–म	गम	निनि	–नि	–ध	–प

	+		०		+		०	
	मिट	**ताऽ**	**ऽऽ**	**अर्ध्या**	**राऽ**	**त्रीऽ**	**लाऽ**	**ऽऽ**
	मध	पम	गरे	सासा	सा–	रे–	सा–	नि
	आता	**कुठ**	**जाता**	**ऽय**	**राऽ**	**त्रीऽ**	**लाऽ**	**ऽऽ**
	सारे	मग	रेसा	–सा	सा–	सारे	सा–	नि–
	आता	**कुठं**	**जाता**	**ऽय**	**रात्री**	**ऽला**	**आता**	**कुठं**
	रेग	रेग	रेसा	सा	धध	–प	मग	रेग
	जाऽ	**ताऽ**	**ऽऽऽऽ**	**ऽऽ**				
	रे–	सा–	पमगरे	सा–				।।१।।
मला	**कशा**	**ऽनं**	**आऽ**	**लीऽ**	**जा**	**ऽऽऽऽ**	**ग**	**ऽ**
सारे	गग	–ग	रेग	रेसा	सा	निसारेसा	नि	–
भर	**थंडी**	**ऽत**	**भिन**	**लीऽ**	**आऽ**	**गऽ**	**ऽ**	**मन**
सारे	गग	–ग	रेग	रे–	सा–	सा	–	सारे
	चोरू	**ऽन**	**ऽऽ**	**मन**	**चोरू**	**ऽन**	**ऽऽ**	**मन**
	मम	–म	–	मग	मप	–प	–	गम
	चोरू	**ऽन**	**मिशी**	**ऽत**	**हंस**	**ताऽ**	**ऽऽ**	**ऽऽ**
	निनि	–नि	धध	–प	मध	पम	गरे	–।।२।।

(यानंतर ''अर्ध्या रात्रीत आता कुठं जाता''----- वरील प्रमाणे वाजवणे)

माझ्या	**शिवा**	**ऽरी**	**कणी**	**ऽस**	**हल**	**लंऽ**	**ऽऽ**	**होऽ**
सारे	मम	–म	रेम	मम	मध	पम	गरे	ग–
	हल	**लंऽ**	**ऽऽ**	**नव्या**	**माघा**	**ऽनं**	**होऽ**	**रस**
	रेसा	सा–	–	सारे	मम	–म	म–	धप
	रस	**लंऽ**	**ऽऽ**	**रस**	**रस**	**लं ऽ**	**ऽऽ**	**किती**
	मग	ग–	–	मप	धप	प–	––	गम
	व्होटा	**ऽनं**	**ऽहो**	**किती**	**व्होटा**	**ऽनं**	**ऽऽ**	**किती**
	धध	–ध	–प	गम	धध	–ध	––	गम
	व्होटा	**ऽनं**	**ऽऽ**	**मोती**	**टिप**	**ताऽ**	**ऽऽ**	**अर्ध्या**
	निनि	–नि	–	धप	मध	पम	गरे	सासा

	+ **राऽ त्रीऽ** सा– <u>रे</u>–	० **लाऽ ऽऽ** सा नि़	+ **आता कुठं** सा<u>रे</u> मग	० **जाता** <u>रे</u>सा ॥३॥

(रात्रीला इत्यादी वरील कडवे १ प्रमाणे वाजविणे)

♫ ♫ ♫ ♫

२१

तरुण आहे रात्र अजुनी

कवी : सुरेश भट, गायिका : आशा भोसले,

संगीत : पंडित हृदयनाथ मंगेशकर

तरुण आहे रात्र अजुनी
राजसा निजलास कां रे।।धृ।।

येवढ्यातच त्या कुशीवर
तू असा वळला कां रे
अजुनी ही विझल्या न गगनी
तारकांच्या दीपमाला
अजून मी विझले कुठ रे
हाय तू विझलास कां रे।।१।।

सांग ह्या कोजागिरीच्या
चांदण्याला काय सांगू
उमलते अंगांस माझे
आणि तू मिटलास कां रे।।२।।

बघ तुला पुसतोच आहे
पश्चिमेचा गार वारा
रातराणीच्या फुलांचा
गंध तू लुटलास कां रे।।३।।

उसळती हृदयात माझ्या
अमृताच्या धुंद लाटा
तू किनाऱ्या सारखा पण
कोरडा उरलास कां रे।।४।।

२१

तरुण आहे रात्र अजुनी

आरोह : सा ग मं प नि सां,

राग : बिहाग, अवरोह : सां नि ध प मं ग रे सा, ताल : रुपक

पार्श्वसंगीत – ठेक्याशिवाय – सां नि प ग सा रे सारे ग रेग

ठेका	म	–	–	–	–	–	–	रें	नि	प	म	रे	म	गप
सुरू	ग	–	मप	मप	नि	ऽ	ऽ	–	–	–	–	–	–	– –
	१	२	३	४	५	६	७	१	२	३	४	५	६	७
								त	**रु**	**ण**	**आ ऽऽऽ**		**हे**	**ऽऽऽऽ**
								सां	सां	सां	सां	नि$^{सां}$निध	प	म^{प}मग
	रा	**ऽ**	**त्र**	**अ**	**जु**	**नी**	**ऽ**	**रा**	**ऽ**	**ज**	**साऽऽ**	**निज**	**ला**	**ऽस**
	प	–	प	प	प	प–	–	म	–	प	धपम	रेरे	प	–मग
	का	**ऽ**	**ऽ**	**रे**	**ऽ**	**ऽ**	**ऽ**	**रा**	**ऽ**	**ज**	**सा**	**ऽऽ**	**नि**	**ज**
	ग	–	–	ग	–	–	–	रे	–	रे	रे	गप	प	प
	ला	**ऽऽ**	**स**	**कां**	**ऽ**	**ऽऽ**	**ऽऽऽ**	**ये**	**ऽ**	**व**	**ढ्या ऽऽऽऽ**		**तऽ**	**च**
	प	निरें	रें	रें	गंमं	मगं	रेसांनिंध	सां	–	सां	सां	नि$^{सां}$निध	पम	म
	त्या	**ऽ**	**कु**	**शीऽ**	**ऽऽ**	**व**	**र**	**तू**	**ऽ**	**अ**	**साऽ**	**ऽ वळ**	**लाऽऽ**	**सा**
	प	–	म	पम	गरे	रे	रे	सा	–	सा	रे रेप	पप	पनिरें	रें
	कां	**ऽऽ**	**ऽऽ**	**ऽऽ**	**ऽऽ**	**ऽऽ**	**ऽऽ**	**त**	**रूण**		**आ**	**ऽ**	**हेऽऽऽ**	**ऽऽ**
	रें	गंपं	मंगं	रेंसां	पम	गम	पनिसा	सां	सांसां		नि	–	पम^{प}म	गम
	रा	**ऽ**	**त्र**	**अ**	**जु**	**नी**	**ऽ**	--		--	--	--	--	--
	प	–	प	प	प	प	–	--		--	--	--	--	--
	अजून			**हीऽ**	**ऽऽ**	**विझ**		**ल्याऽ**		**न**	**गऽ**	**गऽ**	**नीऽ**	
	गं गं मं			गंमंगं	सां	सांसां		सारें		म	मप	मप	प–	
	ता	**ऽ**	**र**	**कां**	**ऽ**	**च्या ऽ**		**दी ऽऽऽऽप**			**मा**	**ऽ**	**लाऽऽ ऽऽऽ**	
	ग	–	म	प	नि	नि	–	निसांपमं		पमं	गं	–	गंरेंसांगरेंमं	
	अजून			**हीऽ**	**ऽऽ**	**विझ**		**ल्याऽ**		**न**	**गऽ**	**गऽ**	**नीऽ**	
	मं मं मं			मं गं	सां	सां सां		सांरे		म	मप	मप	प–	
	ता ऽ		**र**	**कां**	**ऽ**	**च्या ऽ**		**दीऽऽऽऽ प**			**मा**	**ऽ**	**लाऽ**	**ऽ**
	ग –		म	प	नि	नि	–	निसांपमंपं		मं	गं	–	गंरें	सां

१ २ ३	४ ५	६ ७	१ २ ३	४ ५	६ ७
अ जू न	**मीऽ ऽऽऽ**	**विझ**	**ले कु**	**ठे ऽ**	**रे ऽ**
सां सां सां	सां नि$^{\text{सां}}$निध	मम	प – म	प –	प –
हा ऽ य	**तूऽ ऽ**	**वि झ**	**ला ऽ स**	**कां ऽ**	**रे ऽ**
म – प	धप म	र रे	प – म	ग –	ग –॥१॥
राजसा--					
सां ऽ ग	**ह्या ऽ**	**को ऽ**	**जाऽऽ गि**	**रीऽ ऽऽऽ**	**च्या ऽ**
ग म प	सां –	सां –	रेंसांगं रें	गंमं गंरेंसां	सां –
चांऽऽऽ ऽऽऽऽ	**द ऽ**	**ण्या ला**	**काऽऽ ऽऽय**	**सां ऽ**	**गू ऽऽऽ ऽऽऽ**
सांधपम गमपनि	नि –	नि नि	निसांपं मंपंमं	गं ऽ	गंरेंसांध पमग
सां ऽ ग	**ह्या ऽ**	**को ऽ**	**जा गि**	**रीऽ ऽऽऽ**	**च्या ऽ**
ग म प	सां –	सां –	रेंसांगं रें	गंम गंरेंसां	सां –
चांऽऽ ऽऽऽऽ	**द ऽ**	**ण्या ला**	**काऽऽ ऽऽय**	**सां ऽ**	**गूऽ ऽ**
सांधपम गमपनि	नि –	नि नि	निसांपं मंपंमं	गं ऽ	गंरें सां
उ म ल	**ते ऽऽऽऽ**	**अं ऽऽऽ**	**गां ऽ ग**	**माऽ ऽऽ**	**झे ऽ**
सां सां सां	सां नि$^{\text{सां}}$निध	प म^{प}म	प – म	पम गरे	रे –
आ ऽ णि	**तू ऽ**	**मि ट**	**लाऽऽ स**	**कां ऽऽ**	**रेऽऽऽऽ ऽऽ**
सा – सा	रे प	प प	पनिरें रें	रें गंमं	मंगंरेंसांनिधनि ॥२॥

तरुण आहे----

१ २ ३	४ ५	६ ७	१ २ ३	४ ५	६ ७
बघु तु	**ला ऽ**	**पुस**	**तो ऽ स**	**आ ऽ**	**हेऽ ऽ**
साप म	ग –	गग	म – प	ग –	रेग सा
बघु तु	**ला ऽ**	**पुस**	**तोऽऽऽ ऽऽऽऽ**	**ऽऽ स**	**आ हेऽऽ**
साप म	ग –	गग	गमपनि सांगंमंपं	सांपं मं	गं रेंगंसा
ऽ प श्चि	**मे चाऽऽऽ**	**ऽ ऽ**	**गाऽऽ ऽऽऽ ऽऽऽ**	**ऽऽ ऽर**	**वाऽ राऽ**
– रें रें	रें रेंगंरेंसां	– –	सांगंरें रेंगंमं गंमंपं	मंपं निंपं	मं गं गं मं
बघु तु	**ला ऽ**	**पुस**	**तोऽऽऽ ऽऽऽऽ**	**ऽऽ स**	**आ हेऽ**
मप म	ग –	गग	गमपनि सांगंमंपं	सांप मं	गं गंरें

१	२	३	४	५	६	७	१	२	३	४	५	६	७
ऽ	**प**	**श्चि**	**मे**	**चाऽऽऽ**	**ऽ**	**ऽ**	**गाऽऽऽऽ**		**र**	**वा**	**ऽ**	**रा**	**ऽ**
–	रें	रें	रें	रेंगंरेंसां	–	–	सांरेंगंमंपं		मं	ग	–	गं	रेंसां
रा	**ऽ**	**त**	**रा**	**ऽऽऽ**	**णी**	**ऽऽऽ**	**च्या**	**फु**		**लाऽ**	**ऽऽ**	**चा**	**ऽ**
सां	–	सां	सां	निसांनि	प	मपम	प	म		पम	गरे	रे	–
ऽ	**ऽ**	**गंध**	**तू**	**ऽ**	**लु**	**ट**	**ला**	**ऽ**	**ऽस**	**कां**	**ऽऽ**	**रेऽऽ**	**ऽऽ**
–	–	सासा	रे	प	प	प	प	नि	रें	रें	गंमं	मंगंरें	सांनि
													।।३।।
तरुण आहे––––													
उ	**स**	**ळ**	**ती**	**ऽऽ**	**ह्व**	**द**	**या**	**ऽ ऽ**	**त**	**मा**	**ऽ**	**झ्या**	**ऽ**
गं	गं	गंम़	गंमं	गंसां	सां	सां	सां	रें	पम	म	प	प	–
अ	**ऽ**	**मृ**	**ता**	**ऽ**	**च्या**	**ऽ**	**धुंऽ**	**ऽऽ**	**द**	**ला**	**ऽ**	**टाऽ**	**ऽऽऽऽ**
ग	–	म	प	नि	नि	–	सांपं	मंपं	मं	गं	–	गंरें	सांगंरेंमं
उ	**स**	**ळ**	**तीऽ**	**ऽऽ**	**ह्व**	**द**	**या**	**ऽ**	**त**	**मा**	**ऽ**	**झ्या**	**–**
मं	मं	मं	गंमं	गंसां	सां	सां	सां	रें	म	म	प	प	–
अ	**ऽ**	**मृ**	**ता**	**ऽ**	**च्या**	**ऽ**	**धुं**	**ऽऽऽ**	**द**	**ला**	**ऽ**	**टाऽ**	**ऽऽ**
ग	–	म	प	नि	नि	–	सांप	मंपं	मं	गं	–	गंरें	रेंसां
तू	**ऽ**	**कि**	**ना**	**ऽऽऽ**	**न्या**	**ऽऽऽ**	**सा**	**ऽ**	**र**	**खा**	**ऽ**	**ऽ**	**पण**
सां	–	सां	सां	निसानिं	प	मपम	प	–	प	प	–	–	पप
ऽ	**ऽ**	**कोर**	**डाऽ**	**ऽ**	**उ**	**र**	**ला**	**ऽ**	**स**	**कां**	**ऽ**	**रे**	**ऽ**
–	–	मप	धप	म	रे	रे	प	–	म	ग	–	ग	–
													।।४।।
राजसा–––													
तरुण			**आ**	**ऽ**	**हे**	**ऽऽऽऽ**	**रा**	**ऽ**	**त्र**	**अ**	**जु**	**नी**	**ऽ**
सां	सां	सां	नि	–	प	पमगप	प	–	प	प	प	प	–

ठेक्याशिवाय : **राज सा ऽऽऽ निज लाऽऽऽस कांऽरेऽऽऽ**

मप धपम–रे रे प–म गग ग–ग––––

३० लपविलास तू हिरवा चाफा

कवी : राजा बढे,

गायिका : मालती पांडे (बर्वे)

लपविसलास तू हिरवा चाफा सुगंध त्याच छपेल कां?
प्रीत लपवुनी लपेल कां?।।धृ।।

जवळ मनें पण दूर शरीरे
नयन लाजरे चेहेरे हसरे
लपविलेस तू जाणून सारे
रंग गालीचा छपेल कां?।।१।।

क्षणात हंसणे क्षणात रूसणे
उन्हात पाऊस पुढे चांदणे
हे प्रणयाचे देणे घेणे
घडल्या वाचुन चुकेल कां?।।२।।

पुरे बहाणे गंभीर होणे
चोरा तुझिया मनी चांदणे
चोर ही जाणे चंद्रही जाणे
केली चोरी छपेल कां।।३।।

३०	लपविलास तू हिरवा चाफा
	आरोह : सा रे ग म॑ प ध नि सां,अवरोह : सां नि ध प म॑ ग रे सा,
	राग : यमन कल्याण, ताल : जलद केरवा (मध्यम सा धरून वाजविणे)

\+ ○ + ○

ठेक्याशिवाय – **लपविलास ऽऽ स तू हिरवा चा ऽऽ ऽऽ ऽऽऽऽ फा**

सागग गम॑पप प– म॑पग गगग गग ग गम॑ पप

आलाप– म॑पपनि धनिधपम॑ म॑धपम॑ग

गग म॑पम॑ग गग म॑गगसानि

नि़सानि़ पम॑धप –गम॑ गम॑ग

साग गम॑ग ग – सारेसा–

लपवि	**लाऽऽस**	**तू**	**हिरवा**	**चा ऽऽ ऽऽ ऽऽऽऽऽ**		**फा**	**सुगंध**
सागग	गम॑ पप	प	मपग	गगग	गग गगम॑	पप	म॑पग
त्याऽऽ	**चाऽ**	**छपेल का ऽऽऽऽऽऽऽऽ**		**प्रीऽऽऽ त**			
गपम॑	ग सा	सारेसा गम॑पमगरेग		गम॑ म॑धप			
लपवूऽ	**नीऽ**						
रेरेम॑ग	गसा						
लपे	**ऽ ल**	**कां ऽ**	**ऽऽ**	**प्रीऽ**	**तल**	**पवू**	
सारे	–सा	रे–	गरेग	गम॑ म॑ध	पम॑	रे	म॑ग
नीऽ	**लपेऽऽ**	**ऽ ल**	**कां**	--	--	--	--
गसा	सा रेगरे	–नि	सा	--	--	--	--
जव	**ळम**	**नेऽ**	**पण**	**दू ऽ**	**रश**	**री**	**रे**
प़नि़	साग	ग–	गग	म॑–	गरे	गम॑गरे	सा
नय	**न ला**	**ऽ ज**	**रे ऽ**	**चेहे ऽ**	**रे ऽ**	**हंस**	**रे**
साग	ग ग	–म॑	ग ग	म॑ पम॑	गग	गम॑म॑ध	प
लप	**विलेऽऽऽ**	**ऽ स**	**तू ऽ**	**जा ऽ**	**णून**	**सा ऽऽ**	**रे**
गप प	पनिधनि	–ध	प–	म॑ध	पम॑	गम॑ग	ग
रं ऽऽऽ	**ग गा**	**ऽ ली**	**चा ऽ**	**छपे**	**ऽ ल**	**कां ऽऽऽ ऽऽऽऽऽ**	
गपम॑ध	पम॑ रे	म॑ग ग	गसा	सारे	–सा	गम॑पम॑	गरेग

+		○		+		○	
प्रीSSS	तल	पवु	नी S	लपे	S ल	कां SS	
गर्म मंध	पर्म	रे मंग	गसा	सारे	–सा	ग रेग	
प्रीSSS	तल	पवु S	नी S	लपे	S ल	कां	
गर्म मर्ध	पर्म	रे मंग	गसा	सारे	–नि़	सा	।।१।।
क्षणा	S त	हस S	णे S	क्षणा	S त	रुस S	णेSS
साग	–रे	मंगरे	सा	पप	–प	निध प	गग ग
उन्हा	S त	पा S	ऊस	पुढेSSS	S चांSS	Sद	णे
गप	–ध	मं–	पध	मंपधपर्म	गरे मंग	–रे	सा
हे S	प्रण	या SSS	चे S	दे S	णे S	घे SS	SS णे
गप	पप	पनि धनि	धप	पध	पर्म	ग^{म}ग	गग ग
घड	ल्याS	वा SS	चुन	चुके	Sल	का SSSSSSSS	
मंध	पर्म	रे मंग	गसा	सारे	– सा	गर्मपर्म गरेग।।२।।	
पुरे	S ब	हाSSS	णे S SS	गंS	भीर	हो S SS णे S SS	
निनि	–प	निध पर्म	धप मंग	गर्म	गग	गर्म गर्म पनि धनि	
पुरे	S ब	हाSSS	णे S SS	गं S	भीर	हो S SS णेS	
निनि	–प	निध पर्म	धप मंग	गर्म	गग	गर्म गर्म	प–
चो	रा	तुझिSS	या S	मनी SSS	SचांSS	Sद	णेS
ध	ध	मं धनिध	मं ग	गग मंगग	सारेमंग	–रे	सा
चो	रही	जाS SS	णे SS	चं S	द्रही	जाSS SSणे	
प	पप	पनि धनि	नि धप	मंध	प मं	ग^{म}ग गग ग	
के SSS	ली SS	चो SS	री S	छपे	S ल	कां SSS SSSSS	
गर्म मंध	प मंग	रे मंग	गसा	सारे	–सा	गर्मपर्म	गरेग
प्रीSSS	तल	पवू S	नी S	लपे SS	S ल	कां SS	
गर्म मंध	पर्म	रे मंग	गसा	सारे ^{ग}रे	–नि	साग रेग	
प्रीS SS	तल	पवू S	नी S	लपे	S ल	कां	
गर्म मर्ध	पर्म	रे मंग	गसा	सारे	–नि़	सा	।।३।।

टीप : वरील रागाच्या स्वरमालेत नसलेल्या कोमल ग चा उपयोग ह्या गीतात केलेला दिसतो

३१

त्या चित्त चोरट्याला

गायिका : माणिक वर्मा

त्या चित्त चोरट्याला कां आपुले म्हणू मी
स्मृतिजाल आसवांचे दिनरात का विणू मी? ।।धृ।।

सहजी करी धरावे नख लावूनि खुडावे
कीं फूल मालतीचे बागेतले जणू मी।।१।।

नजरेत नीर आले मी घेतले निशाण
हलताच पापणीचा हुकला अमोघ बाण
ते मीन केतनाचे ग मोडिले धनू मी।।२।।

आले मनांत माझ्या किती साळसूद बाई
मी पाहिले तरीही ते पाहणार नाही
राजीव लोचनाला ग वाहिली तनू मी।।३।।

♫ ♫ ♫ ♫

३१

त्या चित्त चोरट्याला

आरोह : सा ग प ध नि सां,
अवरोह : सां नि ध प ग म ग रे सा,
राग : मांड, ताल : केरवा, दादरा

	+		०		+		०
आलाप	मधनिसां – – निसांनिधध्‌ धनिसांनिधध्‌						
	मध्‌निधध्‌ मध्‌धध्‌मग सारेमंगरे सारेसा						

	त्याSSSSS चित्त		**चोर**	**ट्याSS**	**ला**		
	गपमंधपम मम		गर	रेसा गमग	रे		
	कांS	**आS**	**पु ले**	**म्हS**	**णूS**	**SS**	**मीS SS SS SS**
	ग–	प–	पनि	नि–	सा–	–ध	धनि सांनिपध निध
	स्मृति	**जाS**	**लS**	**आ सS**	**वांS**	**SS**	**चेS SS SS SS**
	सांसां	सां–	सां–	सा रेंसा	नि–	–प	धसां निध पध निसां
	स्मृति	**जाS**	**लS**	**आ सS**	**वांS**	**SS**	**चेS SS S S**
	सांसां	सां–	सां–	सा रेंसा	नि–	–प	धसां निध पध
	दिन	**राS**	**त कां**	**Sवि**	**णूS**	**SS**	**मीS SS SS SS**
	गग	प–	प नि	–नि	सां	–ध	निसां निध पध निध
	दिन	**राS**	**त कां**	**Sवि**	**णू S**	**SS**	**मीS SS SS SS**
	गग	प–	प नि	–नि	सां	धप	पनि धनि पध प।।धृ।।

आलाप गपधनि रेंसांनि धनिसांनि

ठेक्या **सहजी करी ध राSS SS वे**
शिवाय निनिनि निसां ध धसांनिरें सांसां
नख लाSSSवु नि SS SS SS खुडा SSS वे
निनि निसांनिध धधधधधध निरें नि पनिध निप

आलाप पमंगमंपनिसांरेंसां निधपमंगसारेमग

ठेक्या **कीSS SSS फूSल मालतीSSSSचे**
शिवाय गपमंधपम म–म गरे रेसागमग रे

	+		०		+		०
	बाऽ	**गेऽ**	**त ले**	**ऽज**	**णूऽ**	**ऽऽ**	**मीऽ ऽऽ ऽऽ ऽऽ**
	ग–	प–	प नि	–नि	सां–	–ध	धनि सांनि पध निध
	कीं ऽ	**फूऽ**	**ल मा**	**लऽ**	**तीऽ**	**ऽऽ**	**चेऽ ऽऽ ऽऽ ऽऽ**
	सां–	सां–	सां सां	रेंसां	नि–	–प	धसां निध पध निसां
	कींऽ	**फूऽ**	**ल मा**	**लऽ**	**तीऽ**	**ऽऽ**	**चेऽ ऽऽ ऽ ऽ**
	सां–	सां–	सां सां	रेंसां	नि–	–प	निध पनि ध–
	बाऽ	**गेऽ**	**त ले**	**ऽज**	**णूऽ**	**ऽऽ**	**मीऽ ऽऽ ऽऽ ऽऽ**
	ग–	प–	प नि	–नि	सां–	–ध	धनि सांनि पध निध
	बाऽ	**गेऽ**	**त ले**	**ऽज**	**णूऽ**	**ऽऽ**	**ऽऽ ऽऽ ऽऽ ऽऽ**
	ग–	प–	प नि	–नि	सां–	निध	पनि धनि पध प

आलाप पर्मगर्मपध निसांनिधप र्मपनिधपर्मग गपर्मधप
(दृत)

नज	**रे**	**ऽ**	**त**	**नी**	**ऽ**	**र**	**आ ऽ**	**लेऽऽ**	**ऽ**	**न**	**ज**
पध	प	–	म	ग	–	म	पर्म	पनिध	–	प	ध
	रे	**ऽ**	**त**	**नी**	**ऽ**	**र**	**आ ऽ**	**लेऽ**	**ऽ**	**मी**	**ऽ**
	प	–	म	ग	–	म	प र्म	प	–	ग	प
	घेऽ	**ऽ**	**त**	**ले**	**ऽ**	**नि**	**शा ऽ**	**ण**	**ऽ**	**मी**	**ऽ**
	पध	नि	ध	नि	–	प	ध र्म	प	–	ग	प
	घेऽ	**ऽ**	**त**	**ले**	**ऽ**	**नि**	**शा ऽ**	**ण**	**ऽ**	**ह**	**ल**
	पध	नि	ध	नि	–	प	ध र्म	प	–	प	नि
	ता	**ऽ**	**च**	**पा**	**ऽ**	**प**	**णीऽ ऽऽ**	**चा**	**ऽ**	**हु**	**क**
	नि	–	नि	नि	–	प	निसां गरें	रें	–	रें	गरें
	ला	**ऽ**	**अ**	**मो**	**ऽ**	**घ**	**बा ऽ**	**ण**	**ऽ**	**हु**	**क**
	सां	–	सां	नि	–	प	ध र्म	प	रें	रें	गरें
	ला	**ऽ**	**अ**	**मो**	**ऽ**	**घ**	**बा ऽ**	**ण**			
	सां	–	सां	नि	–	प	ध र्म	प			

आलाप पर्मगर्मपनि सांरेंसांनिधप पधपर्मगरे सागगर्मग
ठेक्या **तेऽऽऽऽ** **मीऽन केऽत** **नाऽऽऽऽऽ चे**
शिवाय गपर्मधप म–म ग–ग रेसा गमग रे

	+		०		+		०
	गऽ	मोऽ	डि ले	ऽध	नू ऽ	ऽऽ	मीऽ ऽऽ ऽऽ ऽऽ
	ग–	प–	प नि	–नि	सां–	–ध	धनि सांनि पध निध
	गऽ	मोऽ	डि ले	ऽध	नूऽ	ऽऽ	मीऽ ऽऽ ऽऽ ऽऽ
	ग–	प–	प नि	–नि	सां–	–ध	निध पनि ध–
	तेऽ	मीऽ	न के	ऽ त	नाऽ	ऽऽ	चेऽ ऽऽ ऽऽ ऽऽ
	सां–	सां–	सां सां	रें सां	नि–	–प	धसां निध पध निसां
	तेऽ	मीऽ	न के	ऽ त	नाऽ	ऽऽ	चेऽ ऽऽ ऽऽ ऽऽ
	सां–	सां–	सां सां	रें सां	नि–	–प	धसां निध पध–
	गऽ	मोऽ	डिले	ऽध	नूऽ	ऽऽ	मीऽ ऽऽ ऽऽ ऽऽ
	ग–	प–	प नि	–नि	सां–	–ध	धनि सांनि पध निध
	गऽ	मोऽ	डि ले	ऽध	नूऽ	ऽऽ ऽ	ऽऽ ऽऽ मी
	ग–	प–	प नि	– नि	सां	निध प	पनि धनि प–

आलाप धपमंप निसांगंरें निसांनिसांनिसां निसांगंरें

ठेक्या	आले	मनाऽत		माऽ	ऽऽऽऽ		ऽऽऽऽ	झ्या				
शिवाय	रें रें गंसांरें	–नि		सां	–निसांरेंसां		निसांरेंसांनि	प				
	किती	साऽळसुद		बाऽऽ	ई आऽऽऽ		लेऽम	नाऽत				
	पप	मपमरेम म		प– प	पनि पनि		रें – रें सां – सां					
	माऽ	ऽऽ	झ्या	ऽ	किती		सा	ऽ	ळ	सू	ऽ	द
	निरें	सांनि	प	–	पप		म	प	प	म	रे	म
	बा	ऽ	ऽ	ई	ऽ	ऽ	ऽऽ	ऽऽ	ऽ	ऽ	ऽ	ऽ
	प	–	–	प	–	–	धनि	पध	सां	नि	ध	प
	ऽऽ		ऽऽ	कि	ऽ	ती	सा	ऽ	ळ	सू	ऽ	द
	पध		पम	प	–	ध	म	प	म	म	रे	म
	बा	ऽ	ऽ	ई	ऽ	मी	पाऽऽऽ		हि	लेऽऽ		त
	प	–	–	प	–	पम	पध	नि	ध	धप म		म

+	○	+	○
रीऽ हीऽ तेऽ	**पाऽ ह**	**णा ऽ र**	**नाऽऽऽ ही**
पध नि नि पम	प नि प	नि सां नि	सांरे गं रेंरें
ते ऽ ऽ	**पा ह ऽ**	**णा ऽ र**	**नाऽऽ**
रें – –	रें ग रें	नि – प	नि रें –
ऽऽ ऽऽ ऽऽ	**ही ऽ ऽ**	– – –	– –
गंरें सांरें गंरें	सां – –		

आलाप सांनिधनिरेंसांनि धनिधप मंगमंरे सागरेमंग

ठेक्या **राऽऽऽऽऽ जीव लोच नाऽऽऽऽऽला ग वाहिली त**
शिवाय गपमंधपम मम गग रेसाग–मग रे ग प–पनि नि

नू ऽ ऽऽ	**मी ऽ ऽऽ**	**गऽ वाऽ**	**हि लीऽ त**
सां– –ध	धनि सांनि पध निध	ग– प–	प नि– नि
नू ऽ ऽऽ	**मीऽ ऽऽ ऽ ऽ**	**त्या ऽ चि ऽ**	**त्त चो ऽ र**
सां – –ध	निध पनि ध–	सां– सां–	सां सां– सां
ट्या ऽ ऽऽ ऽ	**लाऽऽऽ ऽऽ ऽऽ**	**त्याऽ चिऽ**	**त्त चो ऽ रऽ**
पनि सांगं रें	निसां निध पध निसां	सां– सां–	सां सां– रेंसा
ट्या ऽ ऽ ऽ	**ला ऽ ऽऽ ऽ**	**कांऽ आऽ**	**पु ले ऽ म्ह**
नि – –प	नि ध पनि ध	ग– प–	प नि – नि
णूऽ ऽऽ	**मी ऽ ऽऽ ऽ**	**कांऽ आऽ**	**पु ले ऽ म्ह**
सां– –ध	नि ध पनि ध	ग– प–	प नि – रें
णू ऽ ऽ ऽऽ	**ऽ ऽ ऽऽ ऽ**	– –	– –
सां– नि धप	ग प धनि सां	– –	– –

टीप : १) वरील गीतात केरवा व दादरा अशा दोन्ही तालांचा उपयोग वेगवेगळ्या कडव्यांत केला आहे. म्हणून त्या त्या प्रमाणे स्वरांचे गट करून नोटेशन लिहिले आहे हे लक्षात घ्यावे.

२) या गीतात गायिकेने जे आलाप घेतले आहेत ते कुठेही न थांबता अखंड घेतले आहेत. परंतू हे आलाप पेटीवर किंवा अन्य वाद्यावर बसविण्यास सोपे जावे म्हणून नवीन शिकणाऱ्यांसाठी मुद्दाम त्याचे तीन - तीन, चार - चार भागात खंड पाडून नोटेशन दिले आहे. पूर्ण रियाजनंतर ते आलाप अखंडपणेच वाजवावेत.

♫ ♫ ♫ ♫

३२

स्वरगंगेच्या काठावरती

गायिका : माणिक वर्मा

स्वरगंगेच्या काठावरती वचन दिले तू मला
गतजन्मीची खूण सांपडे ओळखले का मला ।।धृ।।

वदलीस तू मी सावित्री कि शकुंतला मी
मी दमयंती
नाव भिन्न परी मी ती प्रीती
चैतन्याचा ऊर तेधवा गंगेला पातला।।१।।

अफाट जगती जीव रजःकण
दुवे निखळता कोठुन मिलन
जीव भुकेला हा तुज वाचून
जन्मामधुनी पिसाट फिरता एकथली आडला।।२।।

♫ ♫ ♫ ♫

३२	स्वरगंगेच्या काठावरती
	आरोह : नि़ रे॒ ग म॑ ध॒ नी रें॒ सां,
	राग : मारवा, अवरोह : नी ध॒ म ध॒ म॑ ग रे॒ सा, ताल : केरवा, दादरा

पार्श्वसंगीत ठेक्या शिवाय

नि़ सा ग म॑ ध नि सां रें॒ ––। ध– म॑– ग–। गं रें॒ नि ध

ग रे॒ नि़ ध़ । म॑– ग– रे॒– नि़– । ध़– – रे॒ – सा –

गम॑ धध म॑ । म॑ रें॒ रें॒ नि ध । म॑ ध म॑ ग । रे॒ सा नि़ ध़ – – नि़ ध़ रे॒ – – सा –

	+	२	०	४	+	६	०	८
ठेक्या	स्वर गंऽ	गेऽ	च्याऽ	कांठावर	तीऽऽऽ	वचन	दिलेऽ	तू
शिवाय	सांसांसां–	सां–	सां–	सांसांसांसां	निसांनिध	धनिनि	निनि	–ध
ठेका	मला	ऽ	ऽ	ऽ	गत	जन्	मी	ची
सुरू	निरें॒	––	––	सां	साग	ग	ग	ग
	खूऽ	णसा	ऽप	डे	ओ	ळख	ले	काऽऽऽ
	गम॑ध	धम॑ गम॑ग	–रे॒	रे॒	रे॒	रे॒ रे॒	रे॒	रे॒ग रे॒ग
	मला	ऽ	ऽ	ऽऽ ऽऽऽ	स्वर	गं	गे	च्या
	रे॒सा	––	– गम॑	ध निसां	सांसां	सां	सां	सां
	का	ठा	वर	तीऽऽऽ	वच	नदि	ले	तू
	सां	सां	सांसां	निसांनिध	धनि	निनि	नि	ध
	मला	ऽ	ऽ	ऽ	गत्	जन्	मी	ची
	निरें॒	––	––	सां	साग	ग	ग	ग
	खूऽ	णऽसाऽ	ऽप	डे	ओ	ळख	ले	काऽऽऽ
	गम॑ध	धम॑ गम॑ग	–रे॒	रे॒	रे॒	रे॒रे॒	रे॒	रे॒ग रे॒ग
	मला	ऽ	ऽ ऽऽ	ऽऽऽ	स्वर	गं	गे	च्या
	रे॒सा	––	– गम॑	ध निसां	सांसां	सां	सां	सां
	का	ठा	वर	तीऽऽऽ	वच	नदि	ले	तू
	सां	सां	सांसां	निसांनिध	धनि	निनि	नि	ध

+	२	०	४	+	६	०	८
मलाऽऽऽ	ऽ	ऽ	ऽ				
नि रेंनिधरें	--	--	सां				
वद	लीस	तूऽ	मीऽ	साऽ	विऽ	त्रीऽऽऽ	कि
मम	धमं	धमं	धं निरें	निरें	निरें	ध नि	नि ध-रें
ऽ	ऽऽऽऽऽ	ऽऽऽऽ	ऽऽ	शकुं	त	ला	मी
ध	मंध मंगरे	गरे निध	रेसा	सासा	सा	ध	ध
मीऽऽऽ	दम	यं	ती	नाऽ	वभि	ऽन्न	परी
मं धनिसा	सांनि	रेंसा	सां	मंध	मंध	मंग	रे रे
मीऽ	तीऽ	प्री	ती	चै	त	न्या	चा
गमं	धनि	सांनिरें	सां	ग	ग	ग	ग
ऊऽऽ	रते	ऽध	वाऽ	गं	गे	ला	पाऽऽऽ
गमंध	धमं	गरे	रे निध	रे	रे	रे	रेग रेग
त	ला	ऽऽ	ऽऽऽऽऽ				
रे	सा	--	गमंधनिसां				।।१।।
अ	फा	ऽ	ट	ज	ग	ती	ऽऽ
मं	ध	--	मं	ध	मं	ध	निरें
जी	ऽ	व	र	ज-ऽ	ऽऽ	क	ण
नि	रें	नि	रें	ध	नि रेंनि	ध	ध
ऽ ऽऽ	ऽऽऽ	ऽऽऽऽ	ऽऽ	दुवे	ऽ नि	खळ	ताऽ
- मंध	मंगरे	गरेनिध	रेसा	सासा	-सा	धध	धमं
कोऽऽऽ	ठुन	मीऽऽ	लन	जीऽ	वभु	केऽऽऽ	लाऽ
मंधनिसां	सांसां	सांनिरें	सांसां	मंध	मंध	मंधमंग	रें-
हा	ऽ	तु	ज	वाऽ	ऽ	चु	न
ग	मं	ध	नि	सांनि	- रें	सां	सां

	+	२	०	४	+	६	०	८
	जन्	**मा**	**मधु**	**नि**	**पिसा**	**ऽट**	**फिर**	**ताऽ**
	ग	ग	गग	ग	रेग	मंधध	मंग	रेनिध
	ए	**कथ**	**ली**	**आऽऽऽ**	**डला**	**ऽ**	**ऽ ऽऽ**	**ऽऽऽ**
	रे–	रे रे	रे	रेग रेग	रेसा	– –	– – गमं	धनिसां

३३

हात तुझा हातात धुंद ही हवा

कवह : मंगेश पाडगावकर, संगीत श्रीनिवास खळे

गायक : अरुण दाते व सुधा मल्होत्रा,

हात तुझा हातात धुंद ही हवा
रोज तोच चंद्र आज भासतो नवा ।।धृ।।

रोजचेच हे वारे रोजचेच तारे
भासते परी नवीन विश्व आज सारे
ही किमया स्पर्शाची भारिती जीवा।।१।।

या हळव्या पाण्यावर मोहरल्या छाया
मोहरले हृदय तसे मोहरली काया
चांदण्यात थरथरतो मधुर गारवा।।२।।

जन्म जन्म दुर्मीळ हा क्षण असला येतो
स्वप्नांच्या वाटेने चांदण्यात नेतो
बिलगताच जाईंचा उमलतो थवा।।३।।

क्षणभर मिटले डोळे दुःख न मला साहे
विरघळून चंद्र आज रक्तातून वाहे
आज फुले प्राणातुन केशरी दिवा।।४।।

♫ ♫ ♫ ♫

३३	हात तुझा हातात धुंद ही हवा राग : मिश्र, ताल : दादरा (द्वंद्व गीत)

पार्श्वसंगीत	+		०		+		०	
	सां निरें	--	सांधप	--	मपध	--	म-	--
	ध-	--	--	--	--	--	--	--
	प-	--	--	--	सां रें सां	--	धप	--
	मप-	--	ग-	--	साधध	--	सांनि	--
	सागरे	--	ग-	--	म-	--	प-	--
	गमग	--	रेसाप़	--	ध़सा	--	रेग	--

गाणे सुरू	**हाऽ**	**ऽ**	**तऽ**	**तुझाऽ**			**हाऽ**	**ऽऽ**	**ऽ**	**ताऽ**		**ऽऽत**
पुरुष	गरे	ग^म^ग		सासा-			निसा	गरे	सा	ध़प़	म़प़	म़
	धुं	**ऽ**	**द**	**हीऽह**			**वा**	**ऽऽ**	**ऽऽ**	**ऽ**	**ऽ**	**ऽ**
	म़	-	ध़	सामप			ग^म^ग		रेसा	ग	-	-
स्त्री	**रो**	**ऽ**	**ज**	**ता**	**ऽ**	**च**	**चंऽऽऽ**	**ऽऽ**	**द्र**	**आ**	**ऽ**	**ज**
	सा	ग	म	ध	-	ध	धनिध	धध	म	म	-	ग
	भा	**ऽ**	**सा**	**तोऽऽ**	**ऽन**		**वा ऽऽ**	**ऽऽ**	**ऽऽ**	**ऽ**	**ऽ**	**ऽ**
	प	-	मं	प^ध^प	-रे		रे^ग^रे	रेरे	गम	-^प^ग	रेसा।।धृ।।	
पुरुष	**रो**	**ऽ**	**ज**	**चे**	**ऽ**	**च**	**हे ऽ**	**ऽऽ**	**वा**	**रेऽऽ**	**ऽऽ**	**ऽ**
	सा	-	सा	सा	-	सा	रेग	मग	रे	ऩि^सा^ऩि	प़ध़	प़
	रो	**ऽ**	**ज**	**चेऽ**	**ऽऽ**	**च**	**ता**	**ऽऽ**		**रे**	**ऽ**	**ऽ**
	सा	-	रे	मग	रेग	सा	सा	--		सा	-	-
	भाऽ	**ऽ**	**स**	**तेऽ**	**ऽ**	**प**	**री ऽऽ**	**ऽऽ**	**न**	**वि ऽऽ**	**ऽऽ**	**न**
	गम	ध	प	मंप	ग	ग	गमप	मप	रे	ऩिसाऩि	प़ध़	प़
	ऽ	**विश्व**		**आऽ**	**ऽ**	**ज**	**सा**	**ऽ**	**ऽ**	**रे**	**ऽ**	**ऽ**
	-	ऩिरे		गप	मं	ग	रे	गरे	-	सा	-	-
स्त्री	**ही**	**ऽ**	**कि**	**म**	**याऽ ऽऽऽ**		**स्पऽ**	**ऽ**	**ऽ**	**र्शा**	**ऽऽ**	**ची**
	ऩि	-	ऩि	रे	ऩिध़	प़ध़प़	ध़ऩि	ऩि	रे	ऩिध़	प़ध़	प़

	+	○	+	○
	ऽभा री	ती ऽ जी	वाऽऽ ऽऽऽऽ ऽ	ऽ ऽ ऽ
	–ग़प़ प़	ध सा सा	रेगरे सारेगम प	ग^मग रे^गरे सा^रेसाध़ ।।१।।
स्त्री	या ऽऽ	हळ व्याऽ	पाऽ ऽ ऽ	ण्या ऽ वर
	प ––	मंप ग सा	साग म ध	प– – पप
	मो ऽ ऽ	हर ल्या ऽऽ ऽऽऽ	छा ऽ ऽ	या ऽ ऽ
	धनि धनि –	पप धनिध प^धप	म– – –	म – –
	मो – –	ह र ऽ ले ह	द य त	से –
	ध – –	ध निध म	म ध ध	नि ध –
	मो ऽ ऽ	ह र ऽ लीऽऽऽ	का ऽ ऽ	याऽ ऽऽ ऽ
	ध – –	ध निध पमपम	गरे सा रे	पम पम ग
पुरुष	चांऽ ऽऽ द	ण्या ऽ त	थ ऽ र	थर तोऽऽ ऽऽऽ
	सारे मग रे	सा – सा	नि़ – रे	सानि़ ध़नि़ध़ प़ध़प़
	म धु र	गा ऽ र	वाऽऽ ऽऽ ऽऽ	ऽ ऽ ऽ
	ग़ प़ प़	ध़ सा सा	रे^गरे सारे गम	रेग रे सा।।२।।
पुरुष	जऽन्म	जऽन्म	दुर्मीळ	हाऽऽ
	ग–रे	सा–रे	नि़ रेसा	सा––
	क्षऽण	अस लाऽऽऽ ऽऽ	ये ऽ ऽ	तो ऽ ऽ
	ध़–नि़	सारे रेगपम गरे	रे – –	रे – –
	स्व ऽ प	ना ऽ च्या	वाऽ ऽऽ ऽ	टे – ने
	नि़–सा	ग–प	गप निध प	म – गसा
	चांऽऽद	ण्याऽऽत	ने ऽ ऽ	तो ऽऽ
	गम प म	गरे म ग	सा – –	सा ––
स्त्री	विलब	ताऽच	जा ऽ ऽऽ	ई ऽऽऽ चाऽऽ
	नि़ नि़ नि़	नि़ – रे	नि़ ध़ प़ध़	नि़ ध़नि़रे नि़ध़प़
	उ म ल	तो ऽ थ	वाऽऽ ऽऽ ऽऽऽ	ऽऽऽ ऽऽ ऽ
	ग़ प़ प़	ध़ सा सा	रेगरे सारे गपम	गमग रेसा ध़ ।।३।।

	+			○			+			○		
स्त्री	ऽ	ऽ	**क्षण**	**भर**	ऽऽ		**ऽमिट**			**ले**	ऽ	ऽ
	–	–	पप	गसा	––		–सारे			ग	–	–
	ऽ	ऽ	ऽ	**डो**	ऽऽ		**ळे** ऽ ऽ			ऽ	ऽ	ऽ
	प	म	ग	गमगरे–			ध़ सा ध म़			–	म	ध़
	ऽ	**दुः**	**ख**	**न**	ऽऽ	ऽऽ	**म**		**ला**	ऽ	ऽ	
	–	म़	ध़	सा	–	–	––	सा		ग	–	प
	ऽ	ऽ	ऽ	**सा**	ऽ	ऽ	ऽ	ऽ	ऽ	**हे**	ऽ	ऽ
	प	–	–	ग	म	ग	रे	सा	रे	सा	–	–
	विरघ			**ळू**	ऽ	ऽ	ऽ	ऽ	**न**	**चं**	ऽ	**द्र**
	सागग			ग	प	म॑	ग	म॑	म॑	म॑प	ध	प
	आ	ऽ	ऽ	ऽ	ऽ	**ज**	**र**	**क्ता**	ऽ	ऽ	**तु**	**न**
	ग	म॑	ग	रे	ग	रे	रे	रेरे	प	–	ग	रे
	वा	ऽ	ऽ	ऽ	ऽ	ऽ	**हे**	ऽऽ		ऽ	ऽ	ऽ
	ग	म	ग	रे	ग	रे	सा	––		नि़	प़ध़	प़
पुरुष	**आ**	**ज**	ऽ	**फुले** ऽ			**प्राऽ**	ऽऽ	**णा**	ऽ	**तु**	**न**
	प़	ध़	–	प़ सां–			सारे	मग	रे	–	रे	रे
	के	ऽ	**श**	**री**	ऽ	**दि**	**वाऽऽ**	ऽऽ	ऽ	ऽ	ऽ	ऽ
	प	–	म॑	धप	–	रे	रेगरे	रेरे	म	गसारे	सा	।।४।।

३४

वाजवी मुरली शाम सुंदरा

कवी : मंगेश पाडगावकर,

गायिका : माणिक वर्मा

वाजवी मुरली शाम सुंदरा
तुझ्या मंदिरी नाचे मीरा ।।धृ।।

करि करताला, पायी घुंगरू
जन्म तुडविते हा क्षणभंगुर
देह नव्हे हा मोरपिसारा।।१।।

गोपीनाथ तू मी तर गोपी
पुण्यशील तुज जगास पापी
आले आले मी अभिसारा।।२।।

♫ ♫ ♫

३४

वाजवी मुरली शाम सुंदरा

राग : मांड, आरोह : सा ग प ध नि सां,

अवरोह : सां नि ध पगम ग रे सा, ताल : भजनी

	+	२	३	४	०	६	७	८
पार्श्वसंगीत								
सा ग प	सां	–	निरें	सारेंसां	निसांनि	ध	प	ध
	सां	नि	ध	निधप	गप	नि	ध–	प
	गध	पग	रेप	गरे	सारे	सा	ग	प
	वा ऽ	**जवि**	**मुर ऽ**	**ली ऽऽऽ**	**शा ऽऽऽ म**	**सुंऽऽऽ**	**दर**	**राऽऽऽऽ**
	साग	गप	धधरें	सारेंसांनि	पधनिध	प गरेंग	प	पधप गप
	मंऽ	**दिरी**	**ना**	**चे ऽऽऽ**	**मी**	**रा**	**ओऽऽऽ**	**ऽऽऽऽऽ**
	पध	धप	म	पधपम	ग	ग	गपपध	धनिनिरेसां
	मंऽ	**दिरी**	**नाऽऽऽ**	**चेऽऽऽ**	**मी ऽऽऽ**	**रा**	**ऽतु**	**झ्याऽऽऽ**
	निसां	धप	मंपमंप	पनिधप	मधपम	ग	–प	पधनिसां
	मंऽ	**दिरी**	**नाऽऽऽ**	**चेऽऽऽ**	**मीऽऽऽ**	**रा**	**आऽऽ**	**ऽऽ**
	निसां	धप	मंपमंप	पनिधप	मधपम	ग	गमग	रेसा
	वा	**जवि**	**मुर ऽ**	**लीऽऽऽ**	**शा ऽऽऽ म**	**सुंऽऽऽ**	**द**	**राऽऽऽऽ**
	सा	गप	धधरें	सारेंसांनि	पधनिध	पगरेंग	प	पधप गप।।धृ।।
	करि	**कर**	**ता**	**ला**	**पाऽऽऽ**	**यीऽ**	**घुं**	**गरु**
	सांनि	पध	सां	सां	निरेंसांनि	ध–	सां	सांसां
तान –	**आऽऽऽ**	**ऽऽऽऽ**	**ऽऽ**	**ऽऽ**	**ऽऽ**	**ऽऽ**	**ऽऽ**	**ऽऽ**
	गपधनि	पधनिसां	––	––	––	––	––	––
	ऽऽऽ	ऽऽऽ	ऽऽऽ	ऽऽऽ	ऽऽ	ऽऽ	ऽऽ	ऽऽ
	निसांरे	सारेसा	निसांनि	धनिध	धध	––	धनि	सारें
	ऽऽ	ऽ	ऽऽ	ऽऽ	ऽऽ	ऽऽ	ऽ	ऽऽऽ
	गरें	सां	निरें	सांनि	धसां	निध	प	धनिध
	ऽऽ	ऽऽ	ऽ	ऽऽ	ऽऽ	ऽऽऽ	ऽ	––
	धनि	धप	ग	रेसा	साग	रेगरे	सा	––

	+	२	३	४	०	६	७	८
	SSS	SS	SSS	SS	SSS	SS	SS	SS
	ग^{म}ग	रेग	प^{ध}प	गप	ध$^{नि}$ध	पध	पध	निसां
गाणे सुरू	**करि**	**कर**	**ता**	**ला**	**पाSSS**	**यी S**	**घुं**	**गरू**
	सांनि	पध	सां	सां	सांनि	पध	सां	सांसां
तान	SSS	SS	SSS	SS	SSS	SS	SS	SS
	गमग	रेग	पधप	गप	धनिध	पध	पध	निसां
	करि	**कर**	**ता S**	**ला SS**	**पाS**	**यी S**	**घुं**	**गरू**
	सांनि	पध	सांनि	रेंगरें	सांनि	पध	सां	सां
	जन्	**मतु**	**डविS**	**ते S**	**हाSSSS**	**क्षण**	**भं**	**गुर**
	ध–	सांसां	रेंगरें	सां–	धपनिधप	गप	सां	सांसां
	दे	**हन**	**व्हे S**	**हा**	**मो S**	**रपि**	**सा**	**रा**
	ग	गप	गरे	रे	गप	पध	पधनिरें	सां
तान	SS	SS	SS	SSSS	S	S	SS	SS
	निध	पग	रेसा	रेग धप	सा	रे	गप	धप।।१।।
	गोSS	**पी नाSS**	**Sथ**	**तू**	**मीS**	**तर**	**गोSS**	**पी**
	धसांध	ध धपम	–म	म	पम	पम	ग$^{रे}$ग	म
	मीS	**तर**	**गो**	**पी**	**SS**	**SS**	**SS**	**SS**
	पम	पम	ग	म	––	––	––	––
तान	SS	SS	SS	SS	SS	SS	SS	SS
	––	––	––	––	मध	––	निरें	गरें
	SSS	S	SSSS	SS	SSSS	S	S	S
	निसांनि	नि	धनिधप	मध	पधपम	ग	म	ध
	गोSS	**पी नाSS**	**S थ**	**तू**	**मीS**	**तर**	**गोSS**	**पी**
	धसांध	ध धपम	–म	म	पम	पम	ग$^{रे}$ग	म
तान	S	SS	SS	SS	SSS	SSS	SSS	S
	म	––	––	––	गमप	मपम	गरेसा	–

	+	२	३	४	०	६	७	८
	ऽऽ	ऽऽ	ऽऽऽ	ऽऽऽऽ	ऽऽ	ऽऽ	ऽऽऽ	ऽऽऽऽ
	–	–	सागमध	–	–	–	धनिरें	निरेनिध
	ऽऽ	ऽऽ	ऽऽऽ	ऽऽऽऽ	ऽऽऽऽ	ऽऽऽ	ऽ	–
	ध–	–	धधनि	धनिधध	धनिधनि	धधम	म	–
गाणे सुरू	**गोऽऽ**	**पीनाऽऽ**	**ऽ थ**	**तू**	**मीऽ**	**तर**	**गोऽऽ**	**पी**
	धसांध	ध धपम	–म	म	पम	पम	गरेंग	म
	पु	**ण्यशीऽऽ**	**ऽल**	**तुज**	**जगा**	**ऽस**	**पा**	**पी**
	मध	ध धनिसां	–सां	सांसां	निसां	धध	नि	सां
	आऽ	**ले ऽ**	**आऽऽ**	**ले**	**मीऽ**	**अभि**	**सा**	**राऽ**
	गप	गप	ग रेंगरे	रे	गप	पध	पधनिरें	सां
	ऽऽ	ऽऽ	ऽऽ	ऽऽऽऽ				
	निध	पग	रेसा	रेग धप				॥२॥
	वाऽ	**जवि**	**मुर ऽ**	**ली ऽऽऽ**	**शा ऽऽऽ म**	**सुंऽऽ**	**द**	**राऽ**
	साग	गप	धधरें	सारेंसांनि	पधनिध	प गरेंग	प	प–

♫ ♫ ♫ ♫

३५

आनंदी आनंद गडे

गायिका : लता मंगेशकर,

कवि : भा. रा. तांबे

आनंदी आनंद गडे
जिकडे तिकडे चोहीकडे ।।धृ।।

वरती खाली मोद भरे
वायुसंगे मोद फिरे
नभात भरला दिशात फिरला
जगात उरला मोद विहरतो, चोहीकडे।।१।।

सूर्यकिरण सोनेरी हे
कौमुदी ही हसते आहे
फुलली संध्या प्रेमाने, आनंदे गाते गाणे
मेघ रंगले, चित्त दंगले, गान स्फुरले ।।२।।

३५

आनंदी आनंद गडे

राग : मिश्र,

ताल : जलद केरवा

	+		○		+		○	
पार्श्वसंगीत	पध	नि ध	मरे	––	गम	धप	मग	––
	गम	ध नि	सांरेसा	नि ध	गप	धध	पम	गसा
गाणे सुरू	आऽ	नंऽ	दीऽ	आऽ	नंऽ	दऽ	गडे	ऽऽ
	सा–	म–	ग–	म–	ग–	म–	ऩिसा	––
	जिक	डेऽ	तिक	डेऽ	चोऽ	डीऽ	कडे	ऽऽ
	सासा	म –	गग	म–	ग–	म–	निसा	––
	जिक	डेऽ	तिक	डेऽ	चोऽऽऽ	हीऽ	कडे	ऽऽ
	गम	धनि	रेंनि	ध–	मर्म मग	सा–	रेग	––
	आऽ	नंऽ	दीऽऽऽऽ	आऽऽ	नंऽऽऽऽ	दऽ	गडे	ऽऽ
	सारे	गप	निसांरेंसांनि	ध पम	मर्म मग	सा–	रे ग	––
								॥धृ॥
	वर	तीऽ	खाऽ	लीऽ	मोऽ	द भ	रे	ऽऽ
	सांसां	सांनि	सांनि	पगं	सांनि	नि नि	सां	––
	वाऽ	यूऽ	संऽ	गेऽ	मोऽ	द फि	रे ऽ	ऽऽ
	सां–	सांनि	सांनि सांनिसा रेसांरे		मं रें–	नि नि	सां–	––
	नभा	ऽत	भर	लाऽ	दिशा	ऽत	फिरऽ	लाऽ
	नि रें	–रें	मंरें	नि–	धसां	– रें	गं रेंसां	ध–
	जगा	ऽत	उर	लाऽ	मोऽ	दवि	हरऽ	तो
	मध	–ध	नि नि	धनिध म	साम	ग म	ग म ऩि	सा
	चोऽ	ऽऽ	हीऽ	क	डेऽ	ऽऽ	ऽऽ	ऽऽ
	सा–	म–	ग–	म	ग–	म–	ऩि	सा॥१॥

+		○		+		○	
सूऽ	**र्यकि**	**रण**	**सोऽ**	**नेऽ**	**रीऽ**	**हेऽ**	ऽऽ
सा–	मम	ध ध	नि–	नि–	सांरे	सां	––
कौऽ	**मुदी**	**हीऽ**	**हस**	**तेऽ**	**आऽ**	**हेऽ**	ऽऽ
नि–	सांनि	धप	मम	म–	पम	ग–	––
फुल	**लीऽ**	**संऽ**	**ध्याऽ**	**प्रेऽ**	**माऽ**	**नेऽ**	ऽऽ
मम	ध–	म–	धम	ग–	मग	रे	––
आऽ	**नंऽ**	**दे**	**गा**	**तेऽ**	**गाऽ**	**णे**	ऽऽ
रे–	गम	ध	नि	सांगं	रेंसां	नि	––
मेऽ	**घरं**	**ऽग**	**लेऽ**	**चिऽ**	**त्त दं**	**ऽग**	**ले**
नि–	सांनि	–नि	सां–	नि–	सां नि	–नि	सां
गाऽ	**ऽन**	**स्फूर**	**ले ऽ**	ऽऽ	ऽऽ	ऽऽ	––
नि–	सांनि	धप	म–	पम	ग–	––	।।२।।
जिक	**डेऽ**	**तिक**	**डेऽ**	**चोऽ**	**हिक**	**डेऽ**	ऽऽ
साम	गम	गमनि	सा–	साम	गम	गमनि	सा–
जिक	**डेऽ**	**तिक**	**डेऽ**	**चोऽऽऽ**	**हिऽ**	**कडे**	ऽऽ
गम	धनि	रेंनि	ध–	ममंमग	सा–	रे ग	––
आऽ	**नंऽ**	**दीऽऽऽऽ**	**आऽऽ**	**नंऽऽऽऽ**	**दऽ**	**गडे**	ऽऽ
सारे	गप	निसांरेंसांनि	ध पम	ममंमग	सा–	रे ग	––

३८

काटा रुते कुणाला

गायक : पं. जितेंद्र अभिषेकी, कवयित्री : शांता शेळके,
संगीत : पं. जितेंद्र अभिषेकी

कांटा रूते कुणाला, आक्रंदतात कोणी
मज फूल ही रूतावे हा दैवयोग आहे ।।धृ।।

सांगू कशी कुणाला
कळ आंतल्या जीवाची
चिरदाह वेदनेचा
मज श्राप खास आहे।।१।।

कांही करू पहातो
रूचतो अनर्थ तेथे
माझे अबोलणे हे
विपरीत होत आहे ।।२।।

हे स्नेह वंचना की
कांहींच आकळेना
आयुष्य ओघळोनी
मी रिक्त हस्त आहे।।३।।

♫ ♫ ♫ ♫

३६

काटा रुते कुणाला

आरोह : नि सा ग म प नि सां,

राग : भीम पलास, अवरोह : सां नि ध प म ग रे सा, ताल : दादरा

	+	०	+	०
आलाप	पनि धसां ---	पमग -- सा नि।	नि सा नि ग रे सा–	
कांऽ	**टा ऽ रू**	**तेऽ ऽऽ कु**	**णा ऽ ला**	
नि सा	म – प	धम पध प	प – प	
आऽ	**क्रं ऽ द**	**ताऽ ऽ त**	**कोऽऽऽ णीऽऽ**	**म ऽ ज**
पम	प नि नि	पनि सां नि	ध धनिध पधप	प – नि
	फू ऽ ल	**हीऽ ऽ रू**	**ता ऽ वे**	**हा ऽऽ ऽऽ**
	सां – रें	निध म प	सां – सां	नि सारें सारें
	दै ऽ व	**यो ऽ ग**	**आऽ ऽऽ ऽऽ**	**ऽऽ ऽऽ ऽ**
	नि – प	ग – म	पनि सांमं गंरें	सांनि धप म
	ऽऽ ऽऽ हे	**रू ते कु**	**णाऽ ऽऽ ऽ**	**लाऽ ऽऽऽ ऽ**
	गरे सानि सा	प प प	पध मप नि	पधप मपम ग
कांऽ	**टा ऽ रू**	**ते ऽ कु**	**णा ऽ ऽ**	**ला ऽ ऽ**
निसा	म – प	धप मध प	प – –	प – –
सां	**गू ऽ क**	**शीऽऽ ऽऽऽ कु**	**णा ऽ ऽ**	**ला ऽ ऽ**
सां	सां – सां	रेंगंरें सांरेंसां नि	सां – –	सां – –
कळ	**आऽ ऽऽ त**	**ल्या ऽ जि**	**वा ऽ ऽ**	**ची ऽ ऽ**
सांसां	सांरें मगं गं	गं रें सां	रें – –	रें – –
चिर	**दा ऽ ह**	**वेऽऽ ऽऽऽ द**	**ने ऽऽऽ ऽ**	**चा ऽ ऽ**
सांसां	सां – प	पनिसांमंगंरें सां	नि धनिध–	प – –
मज	**श्रा ऽऽ प**	**खा ऽ स**	**आऽ ऽऽ ऽऽ**	**ऽऽ ऽऽ ऽ**
पध	मधप म	ग – म	पनि सांमं गंरें	सांनि धप म
	ऽऽ ऽऽ हे	– – –	– – –	– – –
	गरे सानि सा	– – –	– – –	-- –॥१॥

	+			○			+			○		
कां	**हीं**	ऽ	**क**	**रू**	ऽ	**प**	**हा**	ऽ	ऽ	**तो**	ऽ	ऽ
ध	ध	–	प	ध	मप	म	म	–	–	म	–	–
रूच	**तो**	ऽ	**अ**	**नऽ**	ऽऽ	**र्थ**	**ते**	ऽ	ऽ	**थेऽ**	ऽऽ	ऽऽ
मध	सां	–	ध	सांरे	निसां	नि	नि	–	–	निसां	निध	पध
मा	**झे**	ऽ	**अ**	**बो**	ऽऽ	**ल**	**णे**	ऽ	ऽ	**हे**	ऽ	ऽ
ध	ध	–	प	ध	मप	म	म	–	–	म	–	–
विप	**री**	ऽ	**त**	**होऽ**	ऽऽ	**त**	**आ**	ऽ	ऽ	**हे**	ऽ	ऽ
मध	सां	–	ध	सांरें	निसां	नि	नि	–	–	नि	–	–
विप	**री**	ऽ	**त**	**होऽ**	ऽऽ	**त**	**आ**	ऽ	ऽ	**हे**	ऽ	ऽ
रेम	ग	–	सा	रेसा	ऩिसा	रेसा	सा	–	–	सा	–	–
मज	**फू**	ऽ	**ल**	**हीऽ**	ऽऽ	**ऽरू**	**ता**	ऽ	ऽ	**वे**	ऽ	ऽ
पनि	सां	–	रें	निध	पध	मप	सां	–	–	सां	–	–
हाऽऽऽऽ	**दैऽ**	ऽ	**व**	**यो**	ऽ	**ग**	**आऽ**	ऽऽ	ऽऽ	ऽऽ	ऽऽ	ऽ
निसारें सारें	निध	प	प	ग	–	म	पनि	सांमं	गंरे	सांनि	धप	म
	ऽऽ	ऽऽ	**हे**	–	–	–	–	–	–	–	–	–
	गरे	सानि़	सा	–	–	–	–	–	–	– – –॥२॥		
हा	**स्ने**	ऽ	**ह**	**वंऽऽ**	ऽऽऽ	**च**	**ना**	ऽ	ऽ	**की**	ऽ	ऽ
सां	सां	–	सां	रेंगंरे	सांरेंसां	नि	सां	–	–	सां	–	–
कां	**हीऽ**	ऽऽ	**च**	**आ**	ऽऽऽ	**क**	**ळे**	ऽ	ऽ	**ना**	ऽ	ऽ
सां	सांरें	मंगं	गं	गं	रेंगंरें	सां	रें	–	–	रें	–	–
आ	**यु**	ऽ	**ष्य**	**ओऽ**	ऽऽ	ऽऽऽऽ	**घ**	**ळो**	ऽ	**नी**	ऽ	ऽ
सां	सां	–	प	पनि	सांगं	रेंगंरेंसां	नि	नि	ध	प	–	–
मीऽ	**रि**	ऽ	**क्त**	**ह**	ऽ	**स्त**	**आऽ**	ऽऽ	ऽऽ	ऽऽ	ऽऽ	ऽ
पध	म	–	प	ग	–	म	पनि	सांमं	गंरें	सांनि	धप	म
	ऽऽ	ऽऽ	**हे**	–	–	–	–	–	–	–	–	–
	गरे	सानि़	सा	–	–	–	–	–	–	– – –॥३॥		

३७	**मागे उभा मंगेश** कवयित्री : शांता शेळके, गायिका : आशा भोसले, संगीत : पं. हृदयनाथ मंगेशकर

मागे उभा मंगेश पुढे उभा मंगेश
माझ्याकडे देव माझा पाहतो आहे ।।धृ।।

जटाजूट माथ्यावरी
चंद्रकला शिरी धरी
सर्पमाळ रुळे उरी
चिताभस्म सर्वांगास लिंपूनी राहे।।१।।

जन्मजन्मांचा हा योगी
संसारी आनंद भोगी
विरागी कि म्हणू जोगी
शैलसुता संगे गंगा मस्तकी वाहे।।२।।

♫ ♫ ♫ ♫

३७

मागे उभा मंगेश

आरोह : नि रे ग म ध नि सां,
ताल : अध्धा त्रिताल, अवरोह : सां नि ध प मं ग रे सा, राग : कल्याण,
(मध्यम 'सा' धरून वाजविणे)

+ ० + ०

सुरुवातीचे पार्श्वसंगीत
ठेक्याशिवाय : सां नि प ग सा नि़ सा – – – –
नि़ रे ग रे ग मं ध मं ध नि सां – – – –
सां ध नि रें सां नि धनि – धप – – रे – ग –
ग रे ग मं रे – – – –
सानि़ धनि़ रेग – रेग – रेसा –

ध़ नि़रे	ग–	–रे	गमं प	मं ग	गम ग	रेग रे	नि़ सा	नि ध
नि़रे	ग–	रे ग	मं ध	– नि	सां निनि	धध प	प मंमं	गग रे
	सा नि़	सा–	––	––	––	––	––	––
			मा गे	**उ भा**	**मंऽ**	**गे श**	**पु ढे**	**उ भा**
			नि़रे	रेरे	नि़–	रे रे	नि़सा	नि़ ध़
	मं ऽ	**गे श**	**मा गे**	**उ भा**	**मं ऽ**	**गे श**	**पु ढे**	**उ भा**
	सा–	सासा	नि़रे	रे रे	रेमं ग	गरे रे	नि़ सा	नि़ ध
	मं ऽ	**गे श**	**मा झ्या**	**क डे**	**देऽऽऽव मा झा ऽऽ**		**पा–**	**–हतो**
	सा–	सा सा	सा ग	ग ग	रेगमंप प प पमंग		ग–	–गम रे
	आ–	**–हे**	**मा झ्या**	**क डे**	**देऽऽऽव**	**मा झाऽऽ**	**पा ह**	**तो–**
	रे–	–सा	साग–	ग ग	गमंधनि ध प पमंग		ग ग	ग–
	आऽऽऽ ऽऽ ऽहेऽऽ		**मा गे**	**उ भा**	**मं गेऽऽऽ**	**श ऽऽ**	**पु ढे**	**उ भा**
	गपमग रेग रे सानि़ध़		नि़गरे	रे रे	रे गपमप	ग रेसा	नि़ सा	नि़ ध़
	मंऽ	**गे श**	**मा गे**	**उ भा**	**ऽमं**	**गे श**	**पु ढे**	**उ भाऽ**
	सा–	सा सा	नि़रे	रे रे	रे	रे रे	नि़रे	सा नि़ ध़
	मं ऽ	**गे श**	**ऽ**	**ऽ**	**ज टा ऽ**	**जू ट**	**माऽ थ्या**	**ऽवरी**
	सा–	सा सा	–	–	प पमं	रे रे	ग–ग	–गग

+	○	+	○
ऽचंद्र क ला	शिरी ऽ ऽ धरी	ज टा ऽ जू ट	माऽ थ्या ऽवरी
–गर्म धनि	मंनि ध प	प पर्म रे रे	ग–ग –गग
ऽ ऽ ऽऽ ऽऽ	ऽ ऽऽ ऽऽ ऽऽ	ऽऽ ऽऽऽ जटा जूऽ	मा ऽ थ्याऽ वरी
ग– रेसा नि़प़	– प़नि़ सारे गरे	सारे गर्मप पर्म रेरे	ग –ग –गग
ऽचंद्र क ला	शिरी ऽ ऽ धरी	ऽ ऽ ऽ ऽ	ऽऽ ऽऽ ऽ ऽऽ
–गर्म धनि	मंनि धप	प– मंप ग	गर्म धनि रें सांनि
ऽ ऽऽ ऽ ऽऽ	ऽ सर्प माऽ ळ	ऽ ऽ रूळेऽ उरी	स र्प माऽऽ ळ
–धप मं रेग	गमग रेग रे	–– सारेनि़ सारे	ग म पमप म
रू ळेऽऽ उ री	ऽ चिता भस्म	स वांऽऽऽगा स	ऽचिता भ स्म
रे गरेसा सासा	–नि़नि़ नि़नि़	नि़ सनि़ध़नि़सा सासा	नि़नि़ नि़नि़
स वांऽऽऽगास	ऽ लिं पू नीरा	हे ऽ ऽऽऽऽ	–– ––
नि़ सानि़ध़प़ ध़ प़	–प़नि़ सा प	ग–रे सारेसा	–– ––।।१।।
		ज न्म ज न्मा	चा हा यो गी
		प मं रे रे	ग ग ग ग
सं सा री आ	नंऽ द भो गी	ऽज न्म ज न्मा	चा हा यो गी
ग मं ध नि	मंनि ध प मंध	–प मं रे रे	ग ग ग ग
आऽ ऽऽ ऽऽ	ऽऽऽऽ ऽऽ ऽऽ ऽऽऽ	ऽ ऽज न्मज न्मा	चा हा यो गी
सा–– नि़प़	प़नि़सारे गरे सारे गर्मप	–पर्म रेरे	ग ग ग ग
सं सा री आ	नंऽ द भो गी	ऽऽ ऽऽऽ	आऽ ऽऽ ऽ ऽऽ
ग मं ध नि	मंनि ध प प	प – मंप ग	गर्म धनि रें सांनि
ऽऽ ऽऽ ऽऽ	ऽ विराऽ गी ऽ की	ऽ म्हणूऽ जोऽगी	वि राऽ गीऽऽ की
नि– धर्म गरे	–ग गमग रेग रे	–सारेनि़ साग रे	ग गम पमप म
म्ह णूऽ जो गी	ऽ शैल सु ता	सं गेऽऽऽगं गा	ऽ शै ल सु ता
रे रेसा सा सा	–नि़नि़ नि़ नि़	नि़ सांनि़ध़नि़ सासा	–नि़ नि़ नि़ नि़
सं गेऽऽऽ गं गा	ऽ मस्त की वा	हे ऽ ऽऽ	ऽ माझ्या कडे
नि़ सानि़ध़प़ ध़ प़	–प़ नि़ सा प	ग सा रे सा	–साग ग ग
ऽ देऽऽऽऽ माझाऽऽ	ऽ पा ह तो	आऽऽऽ ऽऽऽ हेऽ ऽऽऽ	ऽ मागे उ भा
गर्मधनिध प पर्मग	–ग ग रे	गपगम रेगरे सानि़ ध़नि़ध़	– सागरे रे रे

	+		०		+		०	
	मं गेऽऽऽ	**शऽऽ**	**ऽ पुढे**	**उ भा**	**ऽ मं**	**गे श**	**ऽ मागे**	**उभा**
	रे गपमप	गरे सा	–ऩिसा	ऩिध़	–सा	सासा	–ऩिरे	रे रे
	ऽमं	**गे श**	**पु ढे**	**उभा**	**मं गे**	**–श**	**ऽऽ**	**ऽऽ**
	–रे	रे रे	ऩि सा	ऩि ध़	सा सा	–सा	–	– ॥२॥

♫ ♫ ♫ ♫

३८

चांदणे शिंपीत जाशी

कवी : राजा बढे, गायिका : आशा भोसले,
संगीत : पं. हृदयनाथ मंगेशकर

चांदणे शिंपीत जाशी चालता तू चंचले
ओंजळी उधळीत मोती हासरी तारा फुले ।।धृ।।

वाहती आकाशगंगा की कटीची मेखला
तेजपुंजाची झळाळी तार पदरा गुंफिले।।१।।

गुंतविले जीव हे मंदील ही पायी तुझ्या
गे तुझ्या तालावरी बोलावरी नादावले।।२।।

जे निळावंती कशाला झांकिशी काया तुझी
पाहू दे मेघविण सौंदर्य तुझे मोकळे।।३।।

ओंजळी उधळीत मोती हासरी तारा फुले
चांदणे शिंपीत जाशी चालता तू चंचले

♫ ♫ ♫ ♫

३८

चांदणे शिंपीत जाशी

आरोह : सां नि प ग रे सा,

राग : हंस ध्वनी वर आधारित, ताल : रुपक (धृवपद), जलद केरवा (अंतरा)

सुरुवातीचे पार्श्वसंगीत –

ठेक्याशिवाय – पग–गग। पग रेसा सागरेसा । सा–सा सासा। गगगग
निसांरेंगं पं गं रें सां निसांरेंगं
रें सां$^{\text{रें}}$सां नि$^{\text{सां}}$नि पधप ग^{प}ग रे^{ग}रे साग–

ठेका सुरू --- --- --- --- गगग गग पग रेसा
रेरेरे रेरे साग रेसा सासासा सा– ग– ग–

	+	२	३	४	५	६	७	+	२	३	४	५	६	७
गाणे सुरू	**चां**	**ऽ**	**द**	**णे**	**ऽ**	**शिं**	**ऽ**	**पी**	**ऽऽ**	**त**	**जा**	**ऽऽ**	**शी**	**ऽ**
रूपक	ग	–	प	सां	–	नि	सां	नि	धनि	रे	सां	निध	प	ग
	चा	**ऽ**	**ल**	**ता**	**ऽ**	**तू**	**ऽ**	**चं**	**च**	**ऽ**	**ले**	**ऽऽ**	**ऽ**	**ऽ**
	गप	नि	ध	प	ग	रेसा		ग	–	सारे	ग^{प}ग			– –
	ओं	**ऽ**	**ज**	**ळी**	**ऽ**	**उध**		**ळी**	**ऽ**	**त**	**मोऽ**	**ऽऽ**	**ती**	**ऽ**
	सा	–	सा	ग	–	गग		प	–	प	पध	निध	प	–
	हां	**ऽ**	**स**	**रीऽ**	**ऽऽ**	**ताऽ**	**ऽऽ**	**रा**		**फुऽ**	**लेऽ**	**ऽऽ**	**ऽऽ**	**ऽ**
	प	–	प	निसां	गरे	सांनि	धप	रें		गं	रेंसां	निध	पग	–
													।।धृ।।	

ठेका– केरवा

	+		०			+			०	
वाह	**तीऽ**	**आऽ**	**काऽ**	**ऽऽ**	**श**	**गं**	**ऽ**	**गाऽ**	**किऽ**	**कऽ**
सांसां	सां–	सां–	सांनि	रेंसां	नि	ध	–	ध–	रें–	सां
	टी ऽ	**ची ऽऽऽ**	**मेऽ**	**ऽऽ**	**खऽ**	**लाऽ**	**ऽऽऽ**	**ऽऽ**	**वाऽ**	**ऽह**
	रें सां	नि धपग	गप	पनि	ध–	प–	गपसां	धसां	सां–	–सां
	तीऽ	**आऽ**	**काऽ**	**ऽऽ**	**श**	**गं**	**ऽ**	**गाऽ**	**कि**	**ऽकऽ**
	सां–	सां–	सांनि	रेंसां	नि	ध	–	ध–	रें–	सां
	टी ऽ	**चीऽ ऽऽ**	**मेऽ**	**ऽऽ**	**ख–**	**ला–**		**ऽऽ**	**की ऽ**	**क ऽ**
	रें सां	निध पग	गप	पनि	ध–	प–		पनि धनि	नि–	ध–

+			०		+			०	
टीऽ	ची	ऽ	ऽऽ	मेऽ ख	लाऽ	–	–	तेऽ	ज
नि ध	प	ग	रेग ध	पग रे	सा–	–	–	सा–	सा
पुंऽ	ऽऽ	जाऽ	ची ऽऽ	ऽझ	ळाऽ	ऽऽ	ळीऽ	ताऽ	ऽ र
रेग	मग	रे–	सा निध	–सा	गप	मग	रे–	ग–	पप
प	द	राऽऽ	ऽ गुंऽऽ	ऽफि	ले	ऽ	ऽऽऽ	ऽऽ	
प	नि	धनिध	–पनिध	–प	ग	–	रेपग	रेग	॥१॥
ऽगुं	त	वि	लेऽ	ऽऽ	जीऽ		ऽव	हे ऽऽऽ ऽऽऽ ऽऽ	
–सा	ग	प	सां–	– –	ध रें		–सां	प गपग रेगरे सारे	
ऽगुं	त	वि	लेऽ	ऽऽ	जीऽ		ऽव	हे ऽऽऽ	मंऽ
–सा	ग	प	सां–	– –	ध रें		–सां	प गपग	रेसा
दिऽ		ऽल	हेऽ	पाऽ	यीऽ		तु	झ्याऽऽऽ	ऽ ऽ
ग–		–प	रेगरे	सा–	ध–		सां	ध पधप	– –
ऽजे		तुऽ	झ्याऽ	ताऽ	ऽ ला		ऽ व	री ऽ	बो ऽ
–ग		प–	ध–	ध–	प ध		सां सां	सां–	सां–
लाऽऽ		वरी	नाऽऽ	ऽऽ	दाऽ ऽऽ		व ऽ	ले ऽ ऽऽऽ ऽऽ	
रें सांरें		सांध	प धप	– –	धप सांध		प –	ग– रेपग	रेग ॥२॥
ऽगे		ऽनि	ळाऽ	वंऽ	तीऽ ऽऽ		क ऽ	शाऽ	लाऽ
–सां		–सां	सां–	सां–	सांनि रेंसां		नि–	ध–	ध–
ऽझा		ऽकि	शी ऽऽऽ काऽ ऽऽ		याऽ ऽऽ		ऽ तु	झीऽ	ऽऽऽ ऽऽ
–रें		–सां	रें सांरेंसां निध पग		गप पनि		–ध	प– गपसां धसां	
ऽगे		ऽनि	ळाऽ	वंऽ	तीऽ ऽऽ		क ऽ	शाऽ	लाऽ
–सां		–सां	सां–	सां–	सांनि रेंसां		नि –	ध–	ध–

	+		०		+			०	
	ऽझा	ऽकि	शी ऽऽऽ	काऽ ऽऽ	याऽ	ऽऽ	ऽ तु	झीऽ	ऽऽ ऽऽ
	–रें	–सां	रें सांरेंसां	निध पग	गप	पनि	–ध	प–	पनि धनि
	ऽ झा	ऽ कि	शी ऽ	काऽ ऽऽऽ	याऽ		तु ऽ	झीऽ	– –
	–नि	–ध	नि ध	पग रेगध	प ग		रे–	सा–	– –
	ऽ पा	– हू	देऽ ऽऽ	मे ऽ	घाऽऽ		ऽ ऽ	ऽऽ	ऽऽ विण
	–सा	–सा	रेग मग	रे –	सानि ध		– –	गप	मग रे रे
	सौंऽ	दऽ	र्यतु	झेऽ	मोऽ ऽऽ		क ऽ	ळे ऽ	ऽऽऽ ऽऽ
	प–	प–	पनि	ध–	धप निध		प –	ग –रेपग रेग।।३।।	

टीप : प्रत्येक कडव्याचे नंतर गयिकेने रूपक तालामध्ये खालील दोन ओळी गायल्या आहेत.

''ओंजळी उधळीत मोती हांसरी तारा फुले
चांदणे शिंपीत जाशी चालता तू चंचले''

व त्याचे नोटेशन अगदी सुरूवातीस धृवपदामध्ये आम्ही दिलेले आहे. तरी गाणे वाजवताना त्याप्रमाणे वाजवावे.

♫ ♫ ♫ ♫

३९

तेजोनिधी लोहगोल

गायक : वसंतराव देशपांडे, संगीत : पं. जि. अभिषेकी

नाटक : कट्यार काळजात घुसली

तेजोनिधी लोहगोल भास्कर हे गगनराज
दिव्य तुझ्या तेजाने झगमगले भुवन आज
हे दिनमणि व्योमराज भास्कर हे गगनराज ।।धृ।।

कोटी कोटी किरण तुझे अनलशरा उधळिती
अमृतकण परि होऊन अणुरेणू उजळिती
तेजातच जनन मरण तेजातच नविन साज
हे दिनमणि व्योमराज।।१।।

ज्योतिर्मय मूर्ती तुझी ग्रहमंडल दिव्य सभा
दाहक परि संजीवक तरुणारुण किरण प्रभा
होवो जीवन विकास वसुधेची राख लाज
हे दिनमणि व्योमराज।।२।।

♫ ♫ ♫ ♫

३१

तेजोनिधी लोहगोल

आरोह : नि रे म॑ ध नि सां,

अवरोह : सां नि ध प म॑ ग रे मग, म॑ ग रे सा,

राग : मिश्र, प्रमुख राग पूर्वी, ताल : मध्यलय एकताल

१	२	३	४	५	६	७	८	९	१०	११	१२
+		०		–		०		–		–	
तेऽ	**ऽऽ**	**जो**	**ऽ**	**नि**	**धी**	**लो**	**ऽ**	**ह**	**गो**	**ऽ**	**ल**
साम	गम॑	ग	रे	नि़	रे	म	–	ग	म॑	म	म
भा	**ऽ**	**स्क**	**र**	**हेऽ**	**ऽ**	**ग**	**ग**	**न**	**राऽ**	**ऽ**	**ज**
ग	–	म॑	ध	धनि	सां	नि	ध	प	धप	म	म
ते	**ऽ**	**जो**	**ऽ**	**नि**	**धी**	**लो**	**ऽ**	**ह**	**गो**	**ऽ**	**ल**
म॑	–	ग	रे	सा	रे	म	–	ग	म॑	म	म
दि	**ऽ**	**व्य**	**तु**	**झ्याऽ**	**ऽ**	**ते**	**ऽ**	**जा**	**ऽ**	**ने**	**ऽ**
ग	–	म॑	ध	धनि	सां	सां	–	नि	रें	सां	–
झ	**ग**	**म**	**ग**	**ले**	**ऽ**	**भु**	**व**	**न**	**आऽऽ**	**ऽऽ**	**ज**
नि	रें	नि	ध	प	–	ध	प	म	मपध	पनिधध	
हे	**ऽ**	**दि**	**न**	**म**	**णि**	**व्यो**	**ऽ**	**म**	**रा**	**ऽ**	**ज**
म॑	–	ग	रे	नि़	रे	म	–	ग	म॑	म	म
भा	**ऽ**	**स्क**	**र**	**हेऽ**	**ऽ**	**ग**	**ग**	**न**	**रा**	**ऽऽ**	**ज**
ग	–	म॑	ध	धनि	सां	नि	ध	प	धप	म	म।।धृ।।
को	**ऽ**	**टी**	**को**	**टी**	**ऽ**	**कि**	**रऽऽ**	**ण**	**तु**	**झे**	**ऽ**
सां	–	नि	ध	म॑	–	ग	म॑पम॑	ग	रे	सा	–
अ	**न**	**ल**	**श**	**राऽऽऽ**	**ऽऽऽऽ**	**उ**	**ध**	**ळ**	**तीऽऽ**	**ऽऽ**	**ऽऽ**
सा	रे	म	म	मम॑म	गम॑ग रेग	म	ध	नि	निसांगं	रेंसां	निसां
अ	**ऽ**	**मृ**	**त**	**क**	**ण**	**प**	**रि**	**हो**	**ऽ**	**ऊ**	**न**
ग	म	ध	ध	ध	ध	सां	सां	नि	रें	सां	सां

१	२	३	४	५	६	७	८	९	१०	११	१२
अ	**णू**	**रे**	ऽ	**णू**	ऽ	**उ**	**ज**	**ळि**	**ती**	ऽ	ऽ
नि	सां	नि	ध	प	–	म॑	प	ध	नि	ध	प
ते	ऽ	**जा**	ऽ	**त**	**च**	**ज**	**न**	**न**	**म**	**र**	**ण**
रें	–	रें	–	रें	रें	सां	रें	गं	रें	सां	सां
तेऽ	ऽऽ	**जा**	ऽ	**त**	**च**	**न**	**वि**	**न**	**साऽऽ**	ऽऽऽ	**ज**
धसां	निसां	नि	ध	प	प	ध	प	म	मपध	पनिध	ध
हे	ऽ	**दि**	**न**	**म**	**णी**	**व्यो**	ऽ	**म**	**रा**	ऽ	**ज**
म॑	–	ग	रे	ऩि	रे	म	–	ग	म॑	म	म॥१॥
ज्यो	**ति**	ऽ	**र**	**म**	**य**	**मू**	ऽ	**र्ति**	**तु**	**झी**	ऽ
सा	ध	–	–	ध	ध	प	ध	नि	ध	प	–
गृ	**ह**	**मं**	ऽ	**ड**	**ल**	**दि**	ऽ	**व्य**	**स**	**भा**	ऽ
प	ध	नि	ध	प	प	प	म॑	ग	म	ग	–
दा	ऽ	**ह**	**क**	**प**	**रि**	**सं**	ऽ	**जी**	ऽ	**व**	**क**
ग	म	ध	ध	ध	ध	सां	–	नि	रें	सां	सां
त	**रु**	**णा**	ऽ	**रु**	**ण**	**कि**	**र**	**ण**	**प्र**	**भा**	ऽ
नि	सां	नि	ध	प	प	म॑	प	ध	नि	ध	प
हो	ऽ	**वो**	ऽ	**जी**	ऽ	**व**	**न**	**वि**	**काऽ**	**स**	ऽ
रें	–	रें	–	रें	–	सां	रें	गं	रेंसां	सां	–
व	**सु**	**धे**	ऽ	**ची**	–	**राऽ**	ऽऽ	**ख**	**लाऽऽ**	ऽऽ	**जऽ**
नि	रें	नि	ध	प	–	धप	मप	म	मपध	पनि	धध
हे	ऽ	**दि**	**न**	**म**	**णि**	**व्यो**	ऽ	**म**	**रा**	ऽ	**ज**
म॑	–	ग	रे	ऩि	रे	म	–	ग	म॑	म	म
भा	ऽ	**स्क**	**र**	**हेऽ**	ऽ	**ग**	**ग**	**प**	**रा**	ऽ	**ज**
ग	–	म॑	ध	धनि	सां	नि	ध	प	धप	म	म
ते	ऽ	**जो**	ऽ	**नि**	**धी**	**लो**	ऽ	**ह**	**गो**	ऽ	**ल**
म॑	–	ग	रे	ऩि	रे	म	–	ग	म॑	म	म
ते	ऽ	**जो**	ऽ	**नि**	**धी**						
म॑	–	ग	रे	ऩि	रे					॥२॥	

ठेक्याशिवाय – **लोह गोऽऽ ऽऽ ऽऽ ल**

मंध मं-- धमं धमं म

विशेष गोष्टी : द्दोनही म चा विशिष्ट उपयोग,

शुद्ध म चा वैचित्र्यपूर्ण उपयोग

आरोहात पंचम कमी

हे गाणे ''मिश्र पूर्वी''म्हणण्याचे कारण कोमल ध बरोबर शुद्ध ध चा उपयोग ह्या गाण्यात केलेला दिसतो. (जो आरोह – अवरोहात नाही.)

♫ ♫ ♫ ♫

४०

जय शारदे वागेश्वरी

गायिका : आशा भोसले, कवयित्री : शांता शेळके,

संगीत : श्रीधर फडके

जय शारदे वागेश्वरी ! विधी कन्यके विद्याधरी ।।धृ।।

ज्योत्स्नेपरि कांती तुझी
मुख रम्य शारद चंद्रमा
उजळे तुझ्या हास्यातुनी
चारी युगांची पौर्णिमा
तुझिया कृपेचे चांदणे
नित वर्षू दे आमुच्या शिरी ।।१।।

वागेश्वरी ! जय शारदे वागेश्वरी

वीणेवरी फिरता तुझी चतुरा कलामय अंगुली
संगीत जन्मा ये नवे
जडता मतीची भंगली
उन्मेष कल्पतरू परी
बहरून आल्या मंजिरी।।२।।

वागेश्वरी ! जय शारदे वागेश्वरी

विधी कन्यके विद्याधरी
वागेश्वरी ! वागेश्वरी
जय शारदे वागेश्वरी

♫ ♫ ♫ ♫

४०

जय शारदे वागेश्वरी

आरोह : नि साग मप निसां,

राग : भीमपलास, अवरोह : सां नि ध प म ग रे सा, ताल – तेरवा

	१	२	३	४	५	६	७	१	२	३	४	५	६	७
पार्श्वसंगीत														
	–	–	–	सा	रे	ग	म	प	प	मग	म	गसा	रे	ग
	म	म	गरे	सा	–	रे	ग	प	प	मग	म	गसा	रे	ग
गाणे सुरू														
	म	म	गरे	सा	–	**ज**	**य**	**शा**	ऽ	ऽ	**र**	**दे**	**वा**	ऽऽ
						ग	म	प	–	–	प	नि	नि	सांगं
	गे	ऽ	ऽ	**श्व**	**रीऽ**	ऽ	**जय**	**शा**	ऽ	ऽ	**र**	**दे**	**वाऽ**	ऽऽऽ
	सां	–	–	सां	निप	मग	गम	प	–	–	प	नि	निसां	रेंगंरें
	गे	ऽ	ऽ	**श्व**	**री**	**वि**	**धी**	**क**	ऽ	**न्य**	**केऽऽऽऽऽऽऽ**		**वि**	ऽ
	सां	–	–	सां	सां	गं	गं	गं	–	गं	सांरे सांनिप निसांगं		गं	–
	द्या	ऽ	ऽ	**ध**	**री**	ऽऽऽ	**वाऽऽ**	**गे**	ऽ	ऽ	**श्व**	**री**	**वाऽ**	ऽऽऽ
	गं	–	–	गं	सांगं	सांनिप	गमप	म	–	–	प	नि	निसां	रेंगंरें

१	२	३	४	५	६	७	१	२	३	४	५	६	७	
गेऽ	ऽ	ऽ	**श्च**	ऽ	**रीऽ**	**जय**	**शा**	ऽ	ऽ	**र**	**दे**	**वा**	ऽऽ	
सांनि	प	सां	सां	ऽ	निसां	गम	प	–	–	प	नि	नि	सांगं	
गे	ऽ	ऽ	**श्च**	ऽ	**रीऽऽ**	**जय**	**शा**	ऽ	ऽ	**र**	**दे**	**वा**	ऽऽ	
सां	–	–	सां	–	निसांनिप	गम	प	–	–	प	नि	नि	सांगं	
गे	ऽ	ऽ	**श्च**	ऽ	**री**	ऽ	–	–	–	–	–	–	–	
सां	–	–	सां	–	सां	–	–	–	–	–	–	–	–	।।धृ।।
					ज्योऽ	ऽऽ	**स्ने**	ऽ	ऽ	**प**	**री**	**कां**	ऽ	
					पम	गम	प	–	–	म	प	नि़	–	
तीऽ	ऽ	ऽ	**तु**	ऽ	**झीऽऽऽ**	ऽऽऽ	**ऽस्ने**	ऽ	ऽ	**प**	**रीऽऽ**	**कांऽ**	ऽऽ	
पम	ग	प	म	–	पधपम	गमग	प	–	–	म	पमग	गम	पनि	
तीऽ	ऽ	ऽऽ	**तु**	ऽ	**झी**	**मुख**	**र**	ऽ	ऽ	**म्य**	**शाऽऽ**	**र**	**द**	
सांनि	प	सांनि	प		ग	ग मपम	रे	–	–	रे	रेसानि़	नि	नि	
चंऽऽऽ	ऽऽ	ऽऽ	**द्र**	**मा**	ऽऽऽऽ	**उज**	**ळे**	ऽ	ऽ	**तु**	**झ्या**	**हा**	ऽ	
नि़सारेम		गरे	सांनि़	सां	ग	मगमध	पध	ध	–	–	प	ध	–	
स्या	ऽ	ऽ	**तु**	ऽ	**नीऽऽऽ**	**उज**	**ळे**	ऽ	ऽ	**तु**	**झ्या**	**हाऽऽऽऽऽ**		
नि	–	–	प	–	गमपम	धध	ध	–	–	प	ध	पधसांरेंसांनि		
स्या	ऽ	ऽ	**तु**	**नीऽऽऽ**	ऽऽ	**चाऽऽऽ**	**रीऽ**	ऽ	**यु**	**गां**	ऽ	**चीऽऽऽ**	ऽऽऽऽ	
नि	–	–	प	मगमप	मग	रेमपम	रेसानि़	–	नि	प	म	मधपनि	धसांनिध	

	१	२	३	४	५	६	७	१	२	३	४	५	६	७	
	पौ	**ऽ**	**ऽ**	**र्णि**	**मा**	**तु**	**झि**	**या**	**ऽऽ**	**ऽऽ**	**कृ**	**पेऽ**	**चे**	**ऽ**	
	प	–	–	प	प	प	नि	प	नि	सांरेंगं	रें	निध	नि	ध	
	चां	**ऽ**	**द**	**ऽ**	**णे**	**नि**	**त**	**व**	**ऽ**	**ऽ**	**र्षू**	**देऽऽऽऽ**	**आ**	**मुऽ**	
	सां	–	सां	–	सां	गं	गं	गं	–	–	गं	सांरेसांनिप	ग	मप	
	च्या	**ऽ**	**शि**	**रीऽऽऽ**	**ऽऽऽ**	**नि**	**त**	**व**	**ऽ**	**ऽ**	**र्षू**	**देऽऽऽऽ**	**आ**	**मुऽ**	
	म	–	म	पनिसांगं	निसांगं	गं	गं	गं	–	–	गं	सांरेंसांनिप	गं	मप	
	च्या	**ऽ**	**शि**	**री**	**–**	**वा**	**ऽऽ**	**गे**	**ऽ**	**ऽ**	**क्ष**	**ऽ**	**री**	**ऽ**	
	म	–	–म	प	नि	नि	सांगं	सां	–	–	सां	–	सां	–	॥१॥
वी	**णे**	**ऽ**	**ऽ**	**व**	**री**	**फि**	**र**	**ता**	**ऽ**	**ऽ**	**तु**	**झी**	**च**	**तु**	
सा	म	–	–	ग	म	म	ग	म	–	ध	नि	ध	म	ध	
	रा	**ऽ**	**ऽ**	**क**	**लाऽऽऽऽऽ**	**म**	**य**	**अं**	**ऽ**	**ऽ**	**गु**	**ऽ**	**लीऽऽ**	**ऽऽ**	
	सां	–	–	ध	धसांरें गरेंसां	नि	ध	ध	–	–	प	–	धसांनि	धम	
चतु	**रा**	**ऽ**	**ऽ**	**क**	**लाऽऽऽऽऽऽऽऽ**	**म**	**य**	**अं**	**ऽ**	**ऽ**	**गु**	**ऽ**	**लीऽऽ**	**ऽऽ**	
मध	सां	–	–	ध	धसांरेंमंगंमंगंरेंसां	नि	ध	ध	–	–	प	–	धसांनि	धनिध	
सं	**गी**	**ऽ**	**ऽ**	**त**	**ऽ**	**ज**	**न्माऽऽऽ**	**ये ऽ**	**ऽ**	**ऽऽ**	**न**	**ऽ**	**वेऽऽ ऽऽऽऽऽऽ**		
म	प	–	–	म	–	प	पनिसांगं	सांगं	सां	निप	प	–	गरेंग मगंम गमंप		

	१	२	३	४	५	६	७	१	२	३	४	५	६	७
संऽ	**गी**	ऽ	ऽ	**त**	ऽ	**जन्**	**माऽऽऽ**	**येऽ**	ऽ	ऽ	**न**	**वे**	**ज**	**ड**
पम	प	–	–	म	–	प	पनिसांगं	सागं	सां	नि	प	ग	ग	म
	ता	ऽ	ऽ	**म**	**ती**	**चीऽऽ**	ऽऽऽ	**भं**	ऽ	ऽ	**ग**	**ली**	**उ**	**न्**
	रे	–	–	रे	म	मधपनि	धसांनि	प	–	–	प	प	प	नि
	मे	ऽ	**ष**	**क**	**ल्प**	**त**	ऽ	**रू**	ऽ	**व**	**री**	ऽ	**ब**	**ह**
	निसां	रें	सांगंरें	नि	धनि	ध	–	सां	–	सां	सां	–	गं	गं
	रु	ऽ	**न**	**आऽऽ**	ऽऽ	**ल्या**	ऽ	**मं**	–	**जि**	**रीऽ**	ऽऽऽऽऽ	**ब**	**ह**
	गं	–	गं	सांगंसां	निप	ग	मप	म	–	म	पनि	सांग निंसांगं	गं	गं
	रू	ऽ	**न**	**आऽऽ**	ऽऽ	**ल्या**	ऽऽ	**मं**	ऽ	**जि**	**री**	ऽ	**वा**	ऽ
	गं	–	गं	सांगंसां	निप	ग	मप	म	–	म	पनि	–	नि	सांगं
	गे	ऽ	ऽ	**क्ष**	ऽ	**री**	ऽ	–	–	–	–	–	–	–
	सां	–	–	सां	–	सां	–	–	–	–	–	–	–	– ॥२॥

♬ ♬ ♬ ♬

४१

घेई छंद मकरंद

गायक : पं. जितेंद्र अभिषेकी, गीतकार : पुरुषोत्तम दारव्हेकर,
नाटक : कट्यार काळजात घुसली

घेई छंद मकरंद । प्रिय हा मिलिंद
मधु सेवनानंद स्वच्छंद धुंद ।।धृ।।

मिटता कमल दल होई बंदी भृंग
तरी सोडिना ध्यास,गुंजनात दंग ।।१।।

♫ ♫ ♫ ♫

४१

घेई छंद मकरंद

राग : मिश्र,

ताल : झपताल

	+		–			०		–		
आलाप	आ	ऽ	ऽ	ऽ	ऽ	ऽऽ	ऽ	ऽ	ऽ	ऽ
	सा	रे	–	–	–	सारे	ग	सा	रे	सा
	ऽ	ऽ	ऽ	ऽ	ऽ	ऽ	ऽ	ऽ	ऽ	ऽ
	सा	रे	सा	म	ग	प	–	–	–	–
	घे	**ई**	**छं**	ऽ	**द**	**म**	**क**	**रं**	ऽ	**द**
	नि	नि	ध	–	प	ध	प	ग	प	ध
	घे	**ई**	**छं**	ऽ	**द**	**म**	**क**	**रं**	ऽ	**द**
	नि	नि	ध	–	प	ध	प	ग	–	ग
	प्रि	**य**	**हा**	ऽ	ऽ	ऽ	ऽ	ऽ	ऽ	**मि**
	प	प	ध	प	ग	प	ध	–	–	प
	लींऽऽऽ	**द**	**म**	ऽ	**धु**	**से**ऽ	**व**	**ना**ऽऽऽऽऽऽऽ		**नंद**
	गरेगरे	सा	सा	–	रे	गप	प	पधपगपधनि		निध
स्व	**च्छं**	**द**	**हा**ऽ	ऽऽऽ	ऽऽ	ऽ	ऽ	ऽ	**धुं**	**द**
सां	सां	प	पध	पधनि	धनि	सां	प	–	ध	प
स्व	**च्छं**	**द**	**हा**ऽ	ऽऽ	ऽऽ	ऽऽ	ऽऽ	ऽ	**धुं**	**द**
सां	सां	सां	निध	पग	पध	निरें	सांनि	–	ध	प
	घे	**ई**	**छं**	ऽ	**द**	–	–	–		।।धृ।।
	मि	**ट**	**ता**	ऽ	**क**ऽ	**म**ऽ	**ल**ऽ	**द**	ऽ	**ल**
	सा	सा	सा	रें	गं रें	गंरें	गंरें	सां	–	सां
	हो	**ई**	**बं**ऽ	ऽ	**दी**	**हा**ऽऽ	ऽऽ	ऽ	**भृं**	**ग**
	सां	सां	सां रें	गं	गं	रें गं रें	सांनि	–	ध	प
तरी	**सो**ऽ	**डी**	**ना**ऽऽ	ऽऽ	ऽऽ	**ध्या**	**स**	ऽ	**गुंज**	
सारे	गप	प	पधप	गप	धनि	नि	ध	–	सांसां	
	ना	**त**	**हा**ऽ	ऽऽऽ	ऽऽ	ऽ	ऽ	ऽ	**दंग**	
	सां	प	पध	पधनि	धनि	सां	प	–	धप	
	घे	**ई**	**छं**	ऽ	**द**	–	–			।।१।।

ठेक्याशिवाय	–	**प्रिय**	**हाऽ**	**मिऽलिं**	**ऽऽ**	**ऽऽ**	**द**
		पप	धप<u>ग</u>	प <u>ग</u> <u>रे</u>	<u>गरे</u>	<u>गरे</u>	सा

♫ ♫ ♫ ♫

४२

प्रिये पहा रात्रीचा समय

गायक : छोटा गंधर्व,

नाटक : सौभद्र

प्रिये पहा रात्रीचा समय सरूनी येत उषःकाल हा ।।धृ।।

थंडगार वात सुटत । दिप तेज मंद होत
दिग्वदने स्वच्छ करित । अरुण पसरी निज महा ।।१।।

पक्षी मधुर शब्द करिती । गुंजराव मधुप वरिती
विरल पर्ण शाखी होती । विकसन ये जलरूहा ।।२।।

सुखदुःखा विसरूनियां गेले जे विश्व लया
स्थिती निज ती सेवाया । उठले कीं तेच अहा ।।३।।

♫ ♫ ♫ ♫

४२

प्रिये पहा रात्रीचा समय

राग : देशकार, आरोह : सा रे ग प ध सां
अवरोह : सांधप, गपग, रेसा

राग : जोगिया, आरोह : सा रे म प ध सां
अवरोह : सांनिधपम, पमगरे, सा, ताल : दादरा

	+			○			+			○		
ठेक्या	**प्रिये ऽऽऽऽ**			**ऽऽऽऽ पहा**			**ऽऽऽ**		**ऽऽ**	**ऽऽ**	**ऽऽ**	**ऽऽ**
शिवाय	ग पध पध प				सांसां				धसां	धसां	धप	गप
रात्रीचा	**स**	**म**	**य**	**स**	**रू**	**नी**	**रा**	**त्री**	**चा**	**स**	**म**	**य**
सांधसांसां	सां	ध	सां	प	प	प	धसां	पध	सांसां	सां	ध	सां
	स	**रु**	**नि**	**रा**	**त्रीऽऽऽऽ चा**		**स**	**म**	**य**	**स**	**रु**	**नि**
	प	प	प	प	धसारेंगरें सां		सां	ध	सां	प	प	प
	राऽऽऽऽऽ त्रीचा			**स**	**म**	**य**	**स**	**रु**	**नि**	**रा**	**त्री**	**चा**
	पधसांरेंगरें रेंरें			सां	रें	सां	ध	प	प	गंरेंगं	सां	सां
	स	**म**	**य**	**स**	**रु**	**नि**	**रा**	**त्री**	**चा**	**स**	**म**	**य**
	ध	सां	सां	प	प	प	सां	सां	सां	ध	सां	सां
	स	**रु**	**नि**	**ये**	**ऽ**	**त**	**उ**	**ष:**	**ऽ**	**का**	**ऽ**	**ल**
	ध	प	प	ग	–	ग	ध	प	–	ग	–	रे
	हा	ऽ	ऽ	ऽ	ऽ	ऽ	ऽ	ऽ	ऽ	ऽ	ऽ	ऽ
	ग	–	–	–	–	–	ग	प	ग	रे	ग	प
	ऽ	ऽ	ऽ	ऽ	ऽ	ऽ	ऽ	ऽ	ऽ	ऽ	ऽ	ऽ
	प	ध	प	ग	प	ध	ध	सां	ध	प	ध	सां
	ऽ	ऽ	ऽ	ऽ	ऽ	ऽ	ऽ	ऽ	ऽ	ऽ	ऽ	ऽ
	रें	सां	ध	प	ध	रें	रें	सां	धप	ग	रे	सा
प्रि	**ये**	ऽ	ऽ	**प**	ऽ	ऽ	**हा**	ऽ	ऽ	ऽ	ऽ	ऽ
प	ध	सां	ध	सां	–	–	धसां	ध	प	ग	प	–।।धृ।।
	थं	ऽ	**ड**	**गा**	ऽ	**र**	**वा**	ऽ	**त**	**सु**	**ट**	**त**
	ग	–	ग	प	–	प	ध	सां	ध	सां	प	प

	+			○			+			○		
	दी	ऽ	प	ते	ऽ	ज	मं	ऽ	द	हो	ऽ	त
	ध	–	सां	सां	–	सां	ध	–	सां	प	–	प
	दि	ऽ	ग्	व	द	ने	स्व	ऽ	च्छ	क	रि	त
	ग	–	ग	प	प	प	ध	–	सा	सां	प	प
	अ	रु	ण	प	स	री	नि	ज	म	हा	ऽ	ऽ
	ग	ग	ग	ध	प	प	ग	ग	रे	ग	रे	सा।।१।।
	प	ऽ	क्षी	म	धु	र	श	ऽ	ब्द	क	रि	ती
	ग	–	ग	प	प	प	ध	–	ध	सां	प	प
	गुं	ऽ	जा	ऽ	र	व	म	धु	प	व	रि	ती
	सां	–	ध	–	सां	सां	ध	सां	सां	ध	प	प
	वि	र	ल	प	ऽ	र्ण	शाऽ	खी	ऽऽ	हो	ऽ	ती
	ग	ग	प	रे	–	रे	गप	प	धसां	प	–	प
	विक	स	न	ये	ऽ	ऽ	ज	ल	रू	हा	ऽ	ऽ
	गग	ग	ध	प	–	–	ग	ग	रे	ग	–	–
	ऽ	ऽ	ऽ	ऽ	ऽ	ऽ	ऽ	ऽ	ऽ	ऽ	ऽ	ऽ
	सां	–	–	प	–	–	ग	–	रे	सां	–	–।।२।।
राग जोगिया												
	सु	ऽ	ख	दुः	ऽ	खाऽ	वि	स	रू	नि	ऽ	या
	म	–	म	प	–	पध	सां	सां	सां	रें	–	सां
	गे	ऽ	ले	जे	ऽ	ऽ	वि	ऽ	श्व	ल	ऽ	या
	सां	–	सां	सां	नि	ध	सां	–	नि	ध	–	प
तान	ऽ	ऽ	ऽ	ऽ	ऽ	ऽ	ऽ	ऽ	ऽ	ऽ	ऽ	ऽ
	नि	सां	नि	ध	–	–	प	ध	–	नि	सां	नि
	ऽ	ऽ	ऽ	ऽ	ऽ	ऽ	ऽ	ऽ	ऽ	ऽ	ऽ	ऽ
	ध	प	–	म	–	–	म	प	ध	म	प	नि
	ऽ	ऽ	ऽ	ऽ	ऽ	ऽ	ऽ	ऽ	ऽ	ऽ	ऽ	ऽ
	ध	नि	ध	प	म	–	ग	रे	–	सा	–	–
	सु	ऽ	ख	दुः	ऽ	खाऽ	वि	स	रू	नि	ऽ	या
	म	–	म	प	–	पध	सां	सां	सां	रें	–	सां

	+			०			+			०		
	गे	ऽ	ले	जे	ऽ	ऽ	वि	ऽ	श्व	ल	ऽ	या
	सां	–	सां	सां	नि	ध	सां	–	नि	ध	–	प
	स्थि	ती	नि	ज	ऽ	ती	से	ऽऽ	वा	ऽ	या	–
	ध	रें	सां	रें	–	सां	नि	सांनि	ध	प	प	–
	स्थि	ती	नि	ज	ऽ	ती	ऽ	ऽ	ऽ	ऽ	ऽ	ऽ
	ध	रें	सां	रें	–	सां	सां	–	–	–	–	–
	से	ऽ	ऽ	ऽ	ऽ	ऽ	वा	ऽ	ऽ	ऽ	ऽ	ऽ
	सांरें	गं	मं	रें	गं	मं	मं	–	–	–	–	–
	से	ऽ	ऽ	ऽ	ऽ	ऽ	वा	ऽ	ऽ	ऽ	ऽ	ऽ
	गं	मं	पं	मंपं	मं	गं	रें	–	–	रेंगं	रें	सां
	स्थि	ती	नि	ज	ऽ	ती	से	ऽऽ	वा	ऽ	या	–
	ध	रें	सां	रें	–	सां	नि	सांनि	ध	प	प	–
राग मिश्र												
	स्थि	ती	नि	ज	ती	ऽऽऽ	से	ऽ	वा	ऽ	या	–
	प	ध	नि	ध	निसां	रेंसां	नि	ध	प	ध	प	–
	स्थि	ती	नि	ज	ती	ऽ	से	ऽ	वा	ऽ	या	
	सां	गं	गं	रें	गं	–	गं	मं	गं	रें	सांसां	
	स्थि	ती	नि	ज	ती	ऽ	से	ऽ	वा	ऽ	या	
	नि	नि	सां	रें	सां	–	सां	–	नि	ध	प	प
	उ	ठ	ले	कीं	ऽ	ऽ	ऽ	ऽ	ऽ	ऽ		ऽ
	म	म	म	रे	म	प	नि	ध	–	प	ध	–
	ते	ऽ	ऽ	ची	ऽ	ऽ	अ	हा	ऽ	ऽ	ऽ	ऽ
	ध	–	–	प	ध	म	म	म	प	ध	सां	–
	ऽ	ऽ	ऽ	ऽ	ऽ	ऽ	ऽ	ऽ	ऽ	ऽ	ऽ	ऽ
	नि	सां	रें	सां	–	–	निसां	निसांनि	ध	प	म	–

	+			○			+			○		
राग जोगिया												
	ऽ	**ऽ**	**ऽ**	**ऽ**	**ऽ**	**ऽ**	**प्रि**	**ये**	**ऽ**	**प**	**हा**	**ऽ**
	ग	रे	–	सां	–	–	सा	सा	रेम	ग	म	ध
	प	**ऽ**	**ऽ**	**हा**	**ऽ**	**ऽ**	**प्रि**	**ये**	**ऽ**	**प**	**हाऽ**	**ऽऽ**
	प	ध	रें	सां	–	–	नि	सां	–	सां	सांरें	गंमं
	प्रि	**ऽ**	**ये**	**प**	**हा**	**ऽ**	**ऽ**	**ऽ**	**ऽ**	**ऽऽ**	**ऽऽ**	**ऽऽ**
	गं	–	मं	गं	मं	पं	पं	मग	रें	मंगं	पंमं	गंरें
	प्रि	**ऽ**	**ये**	**प**	**ऽ**	**हाऽ**	–	–	–	–	–	–
	सां	रेंगं	रें	सांध	–	रेंसां	–	–	–	–	–	–॥३॥

४३

देवा घरचे ज्ञात कुणाला

कवी : वसंत कानिटकर, गायक : रामदास कामत,
संगीत : पं. जितेंद्र अभिषेकी, नाटक : मत्स्यगंधा

देवाघरचे ज्ञात कुणाला विचित्र नेमानेम
कुणी रखडती धुळीत आणिक कुणास लाभे हेम ।।धृ।।

मी निष्कांचन, निर्धन साधक
वैराग्याचा एक उपासक
हिमालयाचा मी तो यात्रिक
मनात माझ्या का उपजावे संसाराचे प्रेम ।।१।।

♫ ♫ ♫ ♫

४३

देवा घरचे ज्ञात कुणाला

आरोह – नि रे ग म ध नि सां,
राग : कल्याण, अवरोह : सां नि ध प मं ग रे सा, ताल : अध्धा त्रिताल
(मध्यम 'सा' धरून नोटेशन)

	+		–		०		–	
					देऽऽऽऽऽऽवाऽ		घ र	चे ऽ
					पमं गमं धनिसां निध		प मं	ग रे
	ज्ञा ऽ ऽ	तऽकुऽ	णा ऽ	ला ऽ	वि चि	ऽत्र	ने ऽ	माऽऽऽ
	मं – ग	मंधपमं	रे –	सा –	नि़ सा	नि़ ध़	नि़ रे	मं ध निरें
	ने ऽ	ऽऽ	ऽ ऽ	ऽ म	कु णीऽ	ऽऽ र	ख ड	ती ऽ
	प –	– –	मं ग	मं ग	मं मंध	निसां सां	सां सां	सां –
	धु ळी	ऽऽऽ त	आ ऽऽऽऽ णिक		कु ऽऽ णाऽऽस		ला ऽ	ऽ भे ऽ
	नि नि	गंरेंगं रें	सां नि^सां^निध प प		सां निरें सांनि ध		प–	मं गरे
	हेऽ ऽऽ	ऽऽ	ऽ ऽऽ	ऽऽ	ऽऽ ऽऽ	ऽ	ऽऽ ऽऽ	ऽम
	रेग मंग	––	ग रेग	सां नि	धनि रेंसां नि		धप मंग	रे सा
	देवा घरचे ---							।।धृ।।
					मी ऽ	ऽऽ नि ऽ	ष्कां ऽ	च न
					मं ध	निरें निध	प –	मं ग
	निऽ ऽऽ	र्ध न	साऽ ऽऽ ध क		मी ऽ	ऽऽ नि ऽ	ष्कां ऽ	च न
	मंध निसां	सां सां	निसां गंरें सां सां		मं ध	निरें निध	प–	मं ग
तान	निऽ ऽऽ	र्ध न	साऽ ऽऽ ध क		ऽऽ ऽऽ	ऽ ऽ	ऽ ऽ	ऽऽ
	मंध निसां	सां सां	सां–	सां सां	मंध निरें	ध सां	सां–	––
तान	ऽ ऽ	ऽ ऽ	ऽ ऽ	ऽ ऽ	ऽ ऽ ऽऽ	ऽ ऽ	ऽऽ ऽऽ ऽऽ	
	सां नि	ध प	मंग	रे सा	मंध निरें	ध सां	निरें सांनि धनि	
	ऽ ऽ	ऽऽ ऽऽ	ऽ ऽ	ऽ ऽ	ऽऽ ऽ	ऽ ऽ	ऽ ऽ	ऽ –
	– –	धनि धनि	ध प	– –	मंध प	मं –	रे ग	रे –

	+		–		०		–	
	ऽऽ ऽऽ	ऽ ऽ	ऽऽ ऽ	ऽऽ	मीऽ ऽऽ	निऽ	ष्कां ऽ	च न
	रेग म॑प	म॑ –	रे ग –	रेसा	म॑ध निरें	निध	प –	म॑ ग
	निऽ ऽऽ	र्ध न	साऽ ऽऽ	ध क	वै ऽ	रा ऽऽ	ग्या ऽ	चाऽ
	म॑ध निसां	सां सां	निसां गंरें	सां सां	ध नि	नि रें	नि रें	रें–
	एऽ	क उ	पा ऽ	स क	हि मा	ऽ ल	याऽ ऽऽ	चा ऽ
	गं रें	सां ध	सां–	सां सां	नि ध	–प	म॑ध पम॑	ग–
	मीऽ ऽऽ	ऽऽतोऽ	या ऽ	त्रि क	म ऽऽना	ऽऽ त	मा ऽ	झ्या ऽ
	रेग म॑ध	पम॑ गप	रे–	सा सा	ग म॑ध	निसां सां	सां–	सां–
	काऽ	उ प	जा ऽ	वे ऽ	संऽऽऽ साऽ	राऽऽऽ	चेऽ प्रेऽऽऽ	–म
	नि रें	गं रें	सां–	निध प	निरें सांनि	धप म॑धपम	गरे रेग म॑ग	––
तान	ऽऽ ऽऽ	ऽऽ –	ऽऽ ऽऽ	ऽऽ ऽऽ	ऽ ऽ	ऽ ऽ	ऽ ऽ	ऽ ऽ
	पम॑ गम॑	धनि –	निरें गरें	निरें गंरे	सां नि	ध प	म॑ ग	रे सा
	देऽ ऽऽ	ऽऽऽ वाऽ	घ र	चेऽ	ज्ञा ऽ ऽ	त ऽ कु ऽ	णा ऽ	ला ऽ
	पम॑ गम॑	धनिसां निध	प म॑	ग रे	म॑– ग	म॑धपम॑	रे–	सा–

४४

छळी जीवा दैव गति

गायक : छोटा गंधर्व,

नाटक : देवमाणूस

छळी जीवा दैव गति अति
शिरी घाली घाव कुठार ती ।।धृ।।

शशी सूर्य गगनी प्रकाशती
परि राहू केतू त्या ग्रासती
जन जगी तशी, दुःख साहती।।१।।

छळी जीवा दैव गति अति

♬ ♬ ♬ ♬

४४

छळी जीवा दैव गति

आरोह : सा रे ग म प ध नि सां,

राग : भैरवी, अवरोह : सां नि ध प म ग रे सा, ताल : केरवा

	+	○	+	○
				छ ळी
				सां सां
	जीऽऽ वाऽ	दैऽ व ग	तीऽ अ ति	शिऽरीऽ
	निसांरें सां–	धनि प ध	प– ध सां	गं– गं–
	घाऽ लीऽ	घाऽव कु	ठाऽ रऽऽऽ	तीऽ ऽऽ
	गं– गं–	रेंगंरेंसां नि	सांनि सांरेंगंरें	सां– ––
शिरी	घा ली	ऽ शिरी	घाऽऽऽऽऽली	घावऽऽ कुऽ
सांगं	गं गं	– सांसां	सांरेंगंरेंमगं गं	रेंगंरेंसां नि–
	ठाऽऽऽऽ र ती	ऽ छ ळी	जीऽऽ वा	दैऽ वग
	निसांरें सांगंरें सा	– सांसां	निसांरें सा	धनि पध
	तीऽ अति	–– ––	–– ––	––
	प– धसां	–– ––	–– ––	–– ।।धृ।।
				श शी
				ध ध
	सू र्य गग	निऽ प्रऽ	काऽ ऽश	तीऽ शशी
	ध–ध पध	मग ग–	म– गप	म– धध
	सू र्य गग	नीऽ प्रऽ	काऽ ऽश्	तीऽ परि
	ध–ध पध	मग ग–	गम॑मध म॑–	म– निनि
	राऽऽऽ हू के	ऽ तू त्याऽऽऽऽऽ	ग्राऽऽ सऽ	तीऽ जन
	निधसांनि ध प	ध पमपमगमग	मनिध नि–	सां सांगं
	जगी तऽ	शीऽऽ वोऽ दुःऽ	ख साऽ हऽ	ती छळी
	रेंगं रें–	रेंगंरेंसांनि प–	निसांनि सांरें	सां सांसां
	जीऽऽ वाऽ	दैऽ व ग	तीऽ अति	– छळी
	निसांरें सां–	धनि पध	प– धसा	– सांसां

	+		०		+		०	
	जीऽऽ	वाऽ	हाऽ	छळी	जीऽऽऽ	वाऽ		
	निसारें	सांनि	पध	निसां	सांगंरेंसां	सां–		
छळी	जीऽ	ऽऽ	वाऽ	ऽऽ	ऽऽ	दैऽ	वऽ	गऽ
सारें	रें–	–	रें	–	–	सारें	सां–	रें
	तीऽ	ऽऽ	ऽऽ	छळी	जीऽऽ	वा	दैऽ	वग
	नी–	पनिसांनि	पम	पनि	निसारें	रें	सारें	सारें
	तीऽऽऽ	ऽऽऽऽ	ऽऽ	छळी	जीऽऽ	वाऽ	ऽऽ	ऽऽ
	पनिसांनि	पनिपम	म–	पनि	निसारें	रें–	–	–
तान	ऽऽऽ	ऽऽऽ	ऽऽऽ	ऽऽ	ऽऽऽऽऽ	ऽऽऽऽ	ऽऽ	ऽऽ
	रेंसांनि	पनिप	निसारें	सां–	पनिसारेंसां	निसांरेंरें	रें–	––
	ऽऽऽऽऽ	ऽऽऽऽ	ऽऽऽऽ	ऽऽऽऽ	ऽऽऽऽ	ऽऽऽऽ	ऽऽऽऽ	ऽऽऽऽ
	सांरेंगंरेंगं	सांरेंरें–	निसांरेंगं	रेंगंरेंसां	निसांरेंसां	निसांनिप	निपम	रेमपम
	ऽऽऽ	ऽऽ	ऽऽऽ	ऽऽ	ऽऽऽ	ऽऽ	ऽऽऽ	ऽऽऽऽ
	रेमरे	रेसा	सारेम	मम	मपनि	पनि	पनिप	निसांरेंरें
	ऽऽऽ	ऽऽ	ऽऽ	ऽऽ	ऽऽ	ऽऽ	छऽ	ळीऽ
	सांरेंनि	–––	प–	प–	निसां	रेंसां	सां–	सां–
	जीऽऽ	वा	दैऽ	वग	तीऽ	अति	छ	ळी
	निसांरें	सां	धनि	पध	प–	धसां	नि	सां
	जीऽ	ऽऽ	वाऽ	ऽऽ	ऽऽ	ऽऽ	छ	ळी
	सारें	सांनि	निसां	निध	धनि	धप	प	ध
	जीऽ	वाऽऽ	ऽऽ	ऽऽ	छ	ळी	जीऽऽ	वा
	नि–	सांगंरें	निसां	निध	प	ध	निसांरें	सां
	दैऽ	वऽ	ग	ती	अ	ति	छ	ळी
	धनि	पध	ध	प	ध	सां	सां	सां
	जीऽ	ऽऽ	वाऽ	ऽऽ	दैऽ	वऽ	ग	ती
	सांगं	रेंसां	सां–	–	गम	ध–	नि	सां–

४५

गुंतता ह्रदय हे

गायक : रामदास कामत, संगीत : पं. जितेंद्र अभिषेकी,
नाटक : मत्स्यगंधा

गुतंता ह्रदय हे कमलदलाच्या पाशी
हा प्रणयगंध परिमळे तुझ्या अंगाशी ।।धृ।।

या इथे जाहला संगम दो सरितांचा
प्राक्तनी आपुल्या योग तिथे प्रितीचा
अद्वैत आपुले घडता या तीर्थाशी ।।१।।

दुर्दैवे आपण दुरावलो या देही
सहवास संपता, डागळले ऋण तेही
स्मर एकच तेव्हा सखये निज ह्रदयाशी ।।२।।

♫ ♫ ♫ ♫

४५	

गुंतता हृदय हे

आरोह : सा ग म प ध नि सां,

अवरोह : सां नि ध प म ग रे सा,

राग : मिश्र खमाज, शुद्ध खमाजचे, ताल : विलंबित केरवा

	+		○		+		○	
पार्श्वसंगीत								
ठेक्याशिवाय			गमपध निधपम ध–प					

							गुं	त
							ग	म
	ता	ऽ	हृ	दय	हे	ऽ	कम	लद
	ध	प	ध	सांध	म	ग	गम	पप
	लाऽऽऽ	ऽऽऽऽ	च्याऽ	ऽऽ	पा	ऽ	शीऽऽऽ	गुंत
	गमपध	सांनिधप	धसां	रेंसां	नि	ध	पध पध	गम
	ता	ऽ	हृ	दय	हे	ऽ	कम	लद
	ध	प	ध	सांध	म	ग	गम	पप
	लाऽऽऽ	ऽऽऽऽ	च्याऽ	ऽऽ	पा	ऽ	शीऽऽऽ	हाऽ
	गमपध	सांनिधप	धसां	रेंसां	नि	ध	पध पध	गम
	प्रणय	गंध	परि	मळे ऽ	तु	झ्याऽऽऽअं	गाऽऽऽऽऽऽऽऽऽशीऽऽ	
	पनिनि	नि–नि	निसां	निसांप	ग	गपमगरे	गमपधनि सांनिरेंसांनिधप	
हाऽ	प्रणय	गंध	परि	मळेऽ	तु	झ्याऽऽऽऽ	अंगाऽऽऽऽऽऽऽऽ	
गम	पनिनि	नि–नि	निसां	निसांप	ग	गपमगरे	रे ^गरे ग^पग प^धप	
							ऽऽऽऽऽऽशीऽऽ	
							धसांध सां^रेंसां निधप	
गुंत	ताऽ	ऽ	हृ	दय	हे	ऽ	गुं	त
गम	धप	–	ध	सांध	म	ग	ग	म
	ता	ऽ	या	इ	थे	ऽ	जाऽ	ह
	धप	–	ग	म	ध	प	धसां	ध
	ला	ऽ	संऽ	गम	दोऽऽऽ ऽऽऽऽऽ		सरिऽऽ तांऽऽऽचा	
	म	ग	गम	पप	गमपध	सांनिधप	धसा^रेंसां निनि–धप	

	+		○		+		○	
प्राऽ	**क्त**	**नी**	**आऽ**	**पुल्याऽ**	**योग**	**तिथे**	**प्रीतीऽऽऽऽऽ चाऽऽ**	
गम	प	नि	निसां	निसांनि	गग	गगपमगरे	गगपधनिसा निधप	
अऽ	**द्वै**	**त**	**आऽऽ**	**पुले**	**घड**	**ताऽऽऽऽ**	**याऽ**	**ती**
ध	ध	पध	पध	धनि	स^नि^रे	धसांनिधनि	धनि	प
	र्था	**शी**	**हा**	**ऽ**	**प्रणय**	**गंध**	**परि**	**मळे**
	प	प	ग	म	पनिनि	नि–नि	निसां	निसांप
	तु	**झ्याऽऽऽऽ**	**अं गा**	**ऽऽऽऽऽऽ**				
	ग	गपमगरे	रे रे^ग^रे	ग^प^ग प^ध^प				
			ऽऽऽ ऽऽऽ शीऽऽ गुंत		**ताऽ**	**ऽ**	**ऽ**	**गुंत**
			धसांध सांरेंसां निध		पगम	धप	–	गम
	ताऽ	**–**	**ऽऽऽ**	**गुंत**	**ताऽ**	**ऽऽ**	**ऽऽ**	**गुंत**
	पध	नि	धनिप	गम	पध	निसां	पधप	गम
	ताऽ	**ऽ**	--	--	--	--	--	--
	धप	–	--	--	--	--	--	--।।१।।
दुर	**दैं**	**वे**	**आऽऽऽऽऽऽपण**		**दुरा**	**ऽव**	**लो**	**या**
गप	नि	नि	धनिधनिरेंनिध पग		पप	निनि	सां	नि
	देऽ	**ऽही**	**ऽ**	**दुर**	**दै**	**वे**	**आऽऽऽऽऽऽ पण**	
	सांगं	रेंसां	सां	गप	नि	नि	धनिरेंरेंरेंसांनिध पग	
	दुरा	**ऽव**	**लो**	**याऽ**	**देऽ**	**ऽऽ**	**ही**	**सह**
	पनि	–नि	सां	धनि	सांगं	सांरें	सां	गप
	वा	**स**	**संऽऽऽप**	**ताऽऽऽ**	**डा**	**गळ**	**ले**	**ऋण**
	नि	नि	धनिरेंनिध	पगरेग	प	निनि	सां	धनि
	ते	**हीऽ**	**ऽऽ**	**सह**	**वा**	**स**	**संऽऽऽप**	**ताऽऽऽ**
	सां	निध	पग	गप	नि	नि	धनिरेंनिध	पगरेग

	+		○		+		○	
	डा	**गळ**	**ले**	**ऋण**	**ते**	**हीऽ**	**स्म**	**र**
	प	निनि	सां	धनि	सां	सांप	ग	म
	ए	**कच**	**तेऽऽऽ**	**व्हा**	**सख**	**ये**	**निज**	**हृद**
	ध	धप	पधनिध	नि	सारें	नि	धनि	पप
	या	**शीऽऽऽ**	**ऽऽऽऽ**	**हाऽ**	**प्रणय**	**गंध**	**परि**	**मळेऽ**
	प	गपधनि	धनिधप	गम	पनिनि	नि–नि	निसां	निसांप
	तु	**झ्याऽऽऽऽ**	**अंगाऽऽ ऽऽऽ ऽऽऽ**					
	ग	गपमगरे	रे रें^{ग}रे ग^{प}ग प^{ध}प					
			ऽऽऽ ऽऽऽ शी गुंत		**ता**	**ऽ**	**ऽ**	**ऽ**
			धसांध सांरेंसां निधप		गम ध	प	ग	सा
गुंत	**ताऽ**	**ऽऽऽऽऽऽ**						
गम	ध–	पधपमगप						।।२।।

खुलासा : या गाण्यात 'दुर्दैवे आपण दुरावलो या देही' या ओळीत दुसऱ्या वेळी 'आपण' शब्दाचे स्वरात तार सप्तकातील कोमल रे चाही उपयोग केला आहे. म्हणून या गाण्याचा राग 'मिश्र खमाज' असे सुरुवातीस लिहिले आहे.

♫ ♫ ♫ ♫

४६

बोला अमृत बोला

गायिका : ज्योत्स्ना भोळे, गीत : मो. रा. रांगणेकर,
संगीत : मा. कृष्णराव, नाटक : कुलवधु

बोला। अमृत बोला
शुभ समयाला गोड गोड बोला।।धृ।।
दिपले पाहुनिया । देवही हर्षभरे
ढाळुनिया सुमने हर्षभरे
ढाळुनिया सुमने वदती
धन्य धन्य धन्य।।१।।

♬ ♬ ♬ ♬

४६

बोला अमृत बोला

आरोह : सा रे ग म प ध नि सां, अवरोह : सां नि ध प म ग रे सा,

राग : भैरवी, ताल : धृवपद = विलंबित केरवा, अंतरा : द्रुत केरवा

	+	०	+	०
	ऽऽऽ ऽऽऽ	ऽऽऽऽ	ऽ	बोऽऽ ला
आलाप	प ध नि सां रें गं	-- रें गं रें सां	नि–	नि सां रें सां
	ऽऽऽ ऽऽऽ	ऽऽऽ ऽऽऽ	ऽ ऽऽ ऽ ऽऽ ऽ ऽऽ	ऽऽ बोऽऽऽला
	सा रें सां नि ध नि	ध निध प धप	म पम ग मग रेसा	साग गमपमगसा
	बोऽऽऽऽऽऽऽ	ला --	ऽऽ ऽ	ऽ ऽ ऽ ऽ
	गमधनिसारेगंरें	गं --	रेंसां नि	ध म ग सा
	बोऽऽऽऽ लाऽ	बोऽऽऽ ऽऽऽऽ	ला ऽ	ऽऽऽ ऽऽऽ
	गमधमग सा–	गमधनि सांरेंगंरें	गं –	सांरेंगं रेंमंगं
	अमृ ऽत	बोऽऽ ऽऽऽऽ	ला ऽ	ऽऽऽऽ ऽऽऽऽऽ
	रेंगं रेंसां	निसारें निसांपध	प नि	निसांरेंनिसां निसांरेंनिसां
	अमृ ऽत	बोऽऽ ऽऽऽऽ	ला ऽ	ऽऽऽऽ ऽऽऽऽऽ
	रेंगं रेंसां	निसारें निसांपध	प –	पधपम गमपधनि
	शु भ	स म	याऽ ऽऽ	ला ऽ
	ध नि	ध नि	पध पम	ग –
	गोऽ ऽ	ऽ ड	गो ऽऽ	ऽ ड
	गम पम	– ग	रे गम	– ग
	बो ऽ	ऽ ला	– –	–
	सां –	– सा –	– –	– ।।धृ।।
	दि प	लेऽ ऽ	पा ऽ	हु नि
	प ध	पध नि	ध म	प ध
	या ऽ	ऽ ऽ	दि प	लेऽ ऽ
	प –	– –	प ध	पध नि
	ऽ ऽ	ऽ ऽ	ऽऽ ऽ	ऽ ऽऽऽ
	ध प	म –	पध प	– गधप
	ऽऽ ऽऽ	ऽ ऽ	ऽ ऽ	ऽऽ ऽऽऽ
	गम पध	– –	प –	गम पधप

	+		०		+		०	
	दि	**प**	**ले**	**ऽ**	**दि**	**प**	**ले**	**ऽ**
	प	ध	सां	–	नि	सां	ध	प
	ऽऽ	**ऽऽ**	**ऽ**	**ऽ**	**ऽऽ**	**ऽऽ**	**ऽ**	**ऽऽऽ**
	पध	निरें	गं	मं	गंरें	निध	नि	सांरेंसां
	ऽऽ	**ऽ**	**ऽऽ**	**ऽऽऽ**	**ऽ**	**ऽ**	**ऽ**	**ऽ**
	निध	म	मप	निधनि	प	–	–	–

द्रुत केरवा

	दे	**वही**	**हर्षऽ**	**ऽभ**	**रे**	**ऽ**	**ऽऽऽऽ**	**ऽऽऽ**
	सां	सांसां	सांनिनि	–रें	सां	–	पनिसांरें	निरेंसां
ढाळु	**निऽऽ**	**याऽऽ**	**सुमऽ**	**ने**	**व**	**द**	**ती**	**ऽ**
पप	पधप	धसांनि	धनिध	प	ग	ग	ग	–
	धऽऽऽ	**न्य**	**धऽ**	**न्य**	**ध**	**न्य**	**–**	**–**
	गमपम	ग	रे–	गमगरे	सा	सा	–	– ।।१।।

विलंबित केरवा

	–	**–**	**–**	**–**	**–**	**–**	**बोऽऽऽऽऽ**	
							गमध मग	
	ला	**ऽ**	**बोऽऽऽ**	**ऽऽऽऽ**	**ला**	**ऽ**		
	सा	–	गमधनि	सांरेंगंरें	गं	–		

ठेक्याशिवाय

	ऽ	ऽ	ऽ ऽ ऽ ऽ ऽ		
	रें	सां	नि ध नि रें– सां		

♫ ♫ ♫ ♫

www.ingramcontent.com/pod-product-compliance
Ingram Content Group UK Ltd.
Pitfield, Milton Keynes, MK11 3LW, UK
UKHW021243031026
15588UKWH00001B/228

9 788186 169797